Ashley Bennet

AF221626

Alina – Das Spiel mit dem Feuer

Eine wahre Geschichte

ab 18 Jahre · unzensiert

Eine Titelübersicht meiner Bücher und weitere
Informationen findet ihr auf meinem Blog unter:

https://ashleybennet.blogspot.com

Ashley Bennet

Alina – Das Spiel mit dem Feuer

Eine wahre Geschichte

Impressum

© 2020 by: Ashley Bennet

Herstellung und Verlag:

BoD – Books on Demand, Norderstedt

ISBN: 978-3-7519-8026-5

Bibliografische Information der Deutschen Nationalbibliothek:
Die Deutsche Nationalbibliothek verzeichnet diese Publikation
in der Deutschen Nationalbibliografie; detaillierte bibliografische
Daten sind im Internet über http://dnb.dnb.de abrufbar.

Diese wahre Geschichte handelt von Alina, einer 18-jährigen Schülerin, die ihren Lehrer derart anmacht, dass dieser alles aufs Spiel setzt, seine Ehe, seinen Job, einfach alles - so sehr hatte ihn seine Schülerin betört.

Info:

Alina (Name geändert) ist meine ehemalige Klassenkameradin und hat diese Geschichte wirklich erlebt. An einem Abend trafen wir uns spontan auf ein Glas Wein.

Ich fragte Alina: „Hey, Du warst die letzten Wochen so ruhig und bist mir oft aus dem Weg gegangen. Was ist los? Magst Du mit mir darüber reden?"

Alina druckste herum, dann aber begann sie zu erzählen. Ich hörte ihr die ganze Nacht zu. Morgens, gegen vier Uhr, war dann endlich alles raus.

Ich war so fasziniert von ihrer Geschichte. Nach einer schier endlosen wirkenden Schweigeminute fragte ich sie: „Diese Geschichte ist der Hammer – darf ich sie aufschreiben?"

Alina stimmte zu unter einer Bedingung: „Wenn Du einen anderen Namen wählst, dann ist das OK für mich."

Und so ist dieses kleine Buch entstanden.

Alles Liebe

eure

Ashley Bennet

Der Gong ertönte. Dumpf und tief schallte er durch das Gebäude und über den Hof und rief die Schüler zum Unterricht.

Er seufzte. Dann mal los.

Er hievte sich aus seinem gemütlichen Stuhl und packte seine Sachen für den Unterricht zusammen. Die Mappen in der linken, den Schlüssel in der rechten Hand, kämpfte er sich durch den Raum.

Auch seine Kollegen waren jetzt dabei, ihre Sachen für den Unterricht zusammen zu suchen, die einen schneller, die anderen nicht ganz so schnell.

Obwohl er häufig genervt war von seinen Schülern, hielt er nichts davon zu spät zu kommen.

Er saß ganz hinten, am Fenster das auf den Unterstufenschulhof hinausblickte.

Die Schüler, die sich hier eben noch vergnüglich gegenseitig gefangen hatten waren schon mit dem ersten Gong in das Gebäude geströmt und warteten jetzt mit dem Erklingen des zweiten Gongs darauf, von ihren Lehrern in die Klassen gelassen zu werden.

Er drückte sich auf den Flur und nahm den Umweg durch das kleinere Treppenhaus, das direkt neben dem Lehrerzimmer in die oberen Stockwerke führte.

Die Haupttreppe vom Lichthof aus war ihm jetzt definitiv noch zu überfüllt. Bevor er den Flur des zweiten Stocks betrat betrachtete er sich noch kurz im Fenster. Sein Aussehen war ihm immer wichtig gewesen, das gehörte dazu fand er. Ein seriöses, gepflegtes Äußeres trug seiner Meinung nach maßgeblich zu dem Eindruck bei, den seine Schüler von ihm hatten.

Es war Sommer und so sorgte das helle Licht von draußen dafür, dass er sich nur schwach im Fenster erkennen konnte. Aber es reichte für einen letzten Check.

Seine Haare waren modisch kurz geschnitten und dunkelbraun. Er strich sich mit der Hand durch seine Frisur. Er hatte schon immer darauf verzichtet, seine Haare mit Wachs oder Gel zu bearbeiten, der natürliche Look stand ihm besser wie er fand.

Er hatte dunkle, breite Augenbrauen über großen blauen Augen. Seine Nase war sehr gerade und sein Kinn markant.

An Kinn und Kiefer trug er einen Bart, den er jeden Morgen stutzte und in Form brachte. Seine Ohren standen ein wenig ab, aber alles in allem konnte man ihn durchaus als gut aussehend bezeichnen.

Er atmete tief ein und wandte sich um. Schwungvoll stieß er die schwere Tür auf, die das Treppenhaus von dem Flur trennte und der Lärm der Schüler im Treppenhaus nur dumpf zu hören, brandete über ihn hinweg.

Wieder musste er sich seinen Weg praktisch erkämpfen. Beide Arme hatte er leicht angehoben, um nicht versehentlich seine Unterrichtsmaterialien von einem Schüler entrissen zu bekommen. Schließlich erreichte er den Klassenraum der 10b.

„Guten Morgen, Herr Hartmann!!", schrien ihm einige besonders gut gelaunte Mädchen entgegen.

„Guten Morgen", erwiderte er und schloss die Tür auf. „Bitte mal ein Stück zurück, sonst kann ich die Tür ja gar nicht öffnen... danke... Max, lass das jetzt, lass jucken. Komm!" Er winkte einen besonders anstrengenden Vertreter seiner Art heran.

Eine zehnte Klasse zu unterrichten war nie einfach. Vollgepumpt mit Hormonen und mitten in der Pubertät neigten sie dazu, einem Lehrer das Leben schwer zu machen.

Aber diese Klasse war besonders schlimm. Normaler Unterricht war so gut wie nicht möglich, vor allem wegen Max. Anders als die meisten war er nicht einfach nur unaufmerksam und unkonzentriert, sondern gezielt respektlos.

Herr Hartmann glaubte nicht, dass Max es noch lange schaffen würde, auf dem Gymnasium zu bleiben.

Der Unterricht lief wie gewohnt schleppend an diesem Tag. Das ausgesprochen gute Wetter erschwerte ihm seine Arbeit zusätzlich.

Die Sonne flutete das Klassenzimmer so penetrant mit ihrem wärmenden Licht, dass man fast meinen konnte, sie mache sich über die unglückliche Situation der Klasse lustig.

Zusammengepfercht in einem Raum, während draußen die Vögel sangen und sowohl Schüler als auch Lehrer das Gefühl hatten, ihre Zeit zu verschwenden. Dann auch noch Erdkunde.

Herr Hartmann hatte die Erfahrung gemacht, dass die Fächer, die man klassischer Weise als anstrengend zu unterrichten betrachtete, diesen Ruf häufig gar nicht verdient hatten. Mathe, Physik, Latein, Französisch. Diese Fächer wurden geliebt oder gehasst, mehr oder weniger jedenfalls. Aber Erdkunde war kein großes Fach.

Dementsprechend schienen viele Schüler der Meinung zu sein, dieses Fach sei den Aufwand nicht wert, sich am Unterricht zu beteiligen. Keine Klausuren, keine Zeugnisrelevanz, nur gelegentlich ein Test - da konnte man im Zweifelsfall eine fünf gut verkraften.

Und andere kleine Fächer, wie beispielsweise Informatik, waren Fächer, die von Schülern gewählt werden mussten und dementsprechend zumeist von den Interessierteren unter ihnen belegt waren.

Als der Gong ertönte und das Ende der ersten Stunde verkündete hatte Herr Hartmann wieder einmal das Gefühl, nicht zu seinen Schülern durchgedrungen zu sein. Dabei hielt er sich für einen sehr guten Lehrer. Er achtete immer darauf, hart aber fair zu sein.

Er gab sich Mühe mit seinem Unterricht und war sehr locker im Umgang mit seinen Schülern, ließ sich aber nicht auf der Nase herumtanzen.

Bisher hatte er es immer geschafft sich den gewünschten Respekt zu verdienen, ohne schreien zu müssen. Auch wenn ihn die 10b schon ein paar Mal hart auf die Probe gestellt hatte.

Er war außerdem Vertrauenslehrer. Mit seinen 32 Jahren war er einer der Jüngsten im Kollegium und noch recht nah an seinen Schülern dran. Auch die Schüler mochten ihn, er hatte sogar schon ein paar Mal mitbekommen, dass einige Schülerinnen ihn scheinbar heiß fanden.

Er wusste zwar nicht so genau, was er davon halten sollte, aber letztendlich musste er sich eingestehen, dass es ihn zumindest nicht störte. Auch wenn es Kinder waren, letztlich war es ein Kompliment. Und da Herr Hartmann viel schwimmen ging und Fahrrad fuhr, war er in der Tat recht durchtrainiert. Keine Muskelberge, aber sehr drahtig und definiert.

Er verließ jetzt die 10b und machte sich auf den Weg zur nächsten Unterrichtsstunde. Auch der restliche Tag verlief schleppend, das Wetter war einfach zu gut. Es war Anfang Juni, in eineinhalb Monaten würden die Sommerferien beginnen. Schon so weit im Jahr, dass die nahenden Sommerferien die Konzentration aller Beteiligten störten, aber noch nicht so weit, dass man den Unterricht etwas lockerer angehen konnte.

Noch standen Klausuren und Arbeiten an, und der Stoff schien wieder einmal viel zu viel, um ihn in diesem Jahr noch durchzupauken.

Heute war Montag, und wie es das Klischee verlangt war es sein längster Tag. Bis zur neunten Stunde hatte er durchgehend Unterricht. Eine Qual, wenn es draußen knapp dreißig Grad im Schatten waren.

Als er schließlich nach der neunten Stunde das Lehrerzimmer betrat, um seinen Platz aufzuräumen, war es fast gänzlich verwaist. Gerade hatte er alles zusammengepackt und nach seinen Autoschlüsseln gegriffen, als Julie, eine Kollegin in den mittleren Jahren in den Raum stürmte.

„Julian! Gut, dass ich dich noch erwische! Bitte, du musst mir helfen."

„Ich... was ist denn? Ich wollte gerade fahren...", entgegnete er unwillig. Was immer es war, es konnte ihm gestohlen bleiben.

Er musste noch den Unterricht für den nächsten Tag vorbereiten und schließlich wollte er auch noch was von dem guten Wetter haben.

„Ich weiß, es ist scheiße, aber wirklich, es dauert bestimmt nicht lange. Ich will auch nach Hause, aber das kann nicht warten. Und da du Vertrauenslehrer bist ist es fast sogar deine Pflicht, mir zu helfen", fügte Julie hinzu und lachte frech.

Sie war eine hübsche Frau, wenn auch deutlich zu speckig für seinen Geschmack. Sie hatte aber eine sehr angenehme, offene und direkte Art. Das schätzte er an ihr.

„Na gut, was gibt's denn?", gab er sich geschlagen und ließ seine Tasche bedeutungsvoll auf den Tisch fallen.

„Na komm", sagte Julie lachend, „ich erklär's dir."

Sie winkte ihn heran und verließ das Lehrerzimmer, er folgte ihr.

Die Flure waren jetzt vollkommen leer und so gut wie still. Aus dem Musikzimmer erklang noch der Chor und in den oberen Stockwerken waren die Putzkräfte mit ihren Maschinen am Werk, ansonsten war es ruhig.

„Es geht um Alina. Sie hat es endgültig übertrieben."

Herr Hartmann musste nicht nachfragen, wen seine Kollegin meinte. Alina war bekannt im Kollegium. Sie war 17 und in der zwölften Klasse und praktisch das weibliche Äquivalent zu Max.

Er hielt sie für sehr schlau, überdurchschnittlich schlau sogar, und zwar deutlich. In Erdkunde und Geschichte hatte er sie bereits ein paar Jahre lang unterrichtet und auch in seinem dritten Fach, in Französisch, war sie aktuell in seinem Kurs. Sie beteiligte sich nicht am Unterricht, sondern störte ihn häufig sogar aktiv.

Sie schien auch nie zu lernen. Und dennoch schaffte sie es, so gut wie ausschließlich Einsen zu schreiben. Da sie sich mündlich nicht beteiligte und deshalb in sonstiger Mitarbeit fünf stand, ergab das zwar meist nur eine Zeugnisnote von Drei, aber dennoch.

Er schob das auf ihr mangelndes Interesse, während viele andere Kollegen überzeugt waren, sie würde während den Klausuren schummeln. Sie gehörte auch zu der Sorte Schüler, die zwar aktiv den Unterricht störten, dabei aber so viel Witz und Einfallsreichtum zeigten, dass selbst er als Lehrer häufig versucht war, laut loszulachen. Ihre stichelnden Kommentare kamen immer genau in den richtigen Momenten.

„Was hat sie denn getan?", wollte er wissen."

„Naja, eigentlich geht es eher darum, was sie nicht getan hat. Sie hat sich wieder einmal praktisch nicht angezogen."

Sie waren jetzt im Besprechungszimmer angekommen. Es war ein kleiner Raum, der für gewöhnlich dafür genutzt wurde, mit Schülern über ihre Vergehen zu sprechen. Bis auf einen Tisch und zwei Stühle, so wie eine kleine Kaffeemaschine auf der Fensterbank war er leer.

Julie öffnete die Tür und Herr Hartmann sah sofort, was sie gemeint hatte. Er beobachtete diesen Trend jetzt schon seit Jahren. Seit es YouTube gab, so hatte er den Eindruck, wurde die Jugend immer freizügiger, oft auf eine besonders provokante Art und Weise.

So hatten beispielsweise die Leggins den Minirock abgelöst. Keine nackte Haut, so dass man als Lehrer nicht in der Position war, dieses Kleidungsstück verbieten zu können, jedenfalls nicht ohne weiteres.

Aber dabei so eng, dass man sich häufig fragte, warum die Mädchen nicht gleich nackt in die Schule kamen, weil man sowieso alles sah.

Erschreckender Weise fing das bei den weiblichen Schülern schon vor der Pubertät an. Das Netz bombte die Welt zu mit Sex und das war die Reaktion, wie es schien. Aber auch die Themen, die er bruchstückhaft auf dem Schulhof belauschen konnte, drehten sich auch bei den 13-jährigen schon oft um Sex. Sex war in Mode. Nicht nur in der Werbung oder in Videospielen, auch bei der Jugend.

Letztendlich fand er, dass das in Ordnung war, so lange gewisse Grenzen nicht überschritten wurden. Junge Leute wollten immer schon provokant sein. Früher war das eben durch Demonstrationen geschehen, durch Drogenkonsum und den Autodiebstahl bei den Eltern. Heute war es Sex. Aber es war schon erschreckend, wie aufreizend auch die jüngsten Mädchen sich heute kleideten. Teilweise hielt man eine Elfjährige für 15 oder 16, einfach durch die Art wie sie gekleidet war und sich verhielt.

Alina war ein Paradebeispiel dieser Generation und zweifelsohne war es der Grund für Julies Bitte. Sie sah ihn jetzt bedeutungsschwanger an und nickte mit dem Kopf, um ihm zu bedeuten in den Raum zu gehen. Sie schien ihm das Feld alleine überlassen zu wollen.

„Danke, Julian. Ich warte im Lehrerzimmer."

Er seufzte. Er schloss die Tür hinter sich und setzte sich.

„Hallo, Herr Hartmann!", rief sie ihm freudestrahlend entgegen, schon als er durch die Tür trat. Sie sah sehr gut aus, das konnte man nicht bestreiten.

Ihre Haare waren geglättet und braun mit kleinen Strähnchen. Sie hatte eine kleine Stupsnase und große, dunkelblaue Augen. Ihr Lippenstift war ebenfalls recht dezent, zwar immer als solcher erkennbar, aber nicht in besonders knalligen Farben gehalten.

Sie hatte ein kleines Piercing im rechten Nasenflügel und kleine Anstecker an den Ohrläppchen, ansonsten verzichtete sie meist auf Schmuck.

Vom Gesicht her machte sie alles in allem einen natürlichen Anblick. Aber ihm war sofort klar, dass es nicht um die Art ging, wie Alina sich schminkte. Dennoch ließ er sich auf das Spiel ein.

„Hallo, Alina. Na. Wie geht's?"

„Es geht so, muss ich gestehen. Wäre eigentlich lieber draußen auf dem Weg heim, aber Frau Hoffstädt hielt es irgendwie für nötig, mich noch 'ne Weile hier zu behalten."

„Aha. Und kannst du dir vorstellen, warum? Hm?"

„Ja, glaube schon", sagte sie und lachte herzhaft.

Ihr Lachen war hell und sehr angenehm. Sie sah ihn an, zog die Augenbrauen hoch.

„Und??", hakte er nach. „Was ist der Grund, deiner Meinung nach?"

„Ihr passt es nicht, wie ich mich anziehe."

Er ließ ein weiteres „Aha" folgen.

Herr Hartmann war sich ziemlich sicher, dass sie recht hatte mit dieser Vermutung. Sie trug Leggins, und hätte sie nicht gesessen, wäre es sicherlich eine der

besonders engen Varianten gewesen, die sich am Hintern schon so sehr spannten, dass sie ein wenig durchsichtig wurden, da war er sich sicher.

Ihre Brüste, mindestens ein gesundes C-Körbchen, steckten offensichtlich in einem Push-up, es hätte ihn nicht gewundert, wenn sie gleich rausgesprungen wären. Ihr Top war sozusagen die Variante zu den engen Leggins; sehr weit geschnitten und bauchfrei.

Es lag praktisch nur auf ihren hochgepushten Brüsten auf und war zu allem Überfluss auch noch am Rücken so weit ausgeschnitten, dass die Träger ihres BHs sichtbar waren. Weil es so großzügig geschnitten war, sah man vorne außerdem die Ansätze ihrer schwarzen BH-Schalen.

„Und, was hältst du von ihrer Meinung? Findest du nicht, dass du es heute ein bisschen übertrieben hast?", sagte er und deutete grob mit der Hand in ihre Richtung.

Es war wirklich heiß, er konnte die Luft im Raum fast mit Händen greifen. Er schwitzte leicht und wischte sich über die Stirn.

„Ach, Herr Hartmann, wissen Sie, ich verstehe einfach nicht, warum manche Lehrer immer meinen, sich so sehr in die Privatsphäre ihrer Schüler einmischen zu müssen. Kann doch egal sein, wie ich mich kleide. Meine Eltern haben mich da bisher nie belehrt. Und sie hätten mich doch jetzt auch nicht dafür zum Gespräch geholt, wenn Frau Hoffstädt sie nicht gebeten hätte, oder?"

Das war ein Argument, wie er sich innerlich eingestehe musste. Aber eines, welches er nicht würde gelten lassen können.

„Weißt du Alina, die Freiheit eines Einzelnen hört nun einmal da auf, wo die eines anderen anfängt. Und wenn Frau Hoffstädt sich durch deine Art sich zu kleiden gestört fühlt, ist das leider etwas, auf das du Rücksicht nehmen musst."

„AHA! Leider! Sie haben leider gesagt! Sehen Sie, Ihnen gefällt sogar was sie sehen!", sagte Alina und drückte ihre Brüste noch weiter raus.

Sie ließ sich wieder zurückfallen und lachte laut, als Herr Hartmann genervt mit den Augen rollte.

„Alina, hast du das wirklich nötig? Wirklich, ich werde nicht schlau aus dir. Du bist doch so clever, warum machst du sowas?"

Jetzt war es an ihr genervt zu stöhnen.

„Ach Herr Hartmann. Jetzt kommen Sie mir nicht auf der moralischen Ebene. Ist mir egal was andere denken. Ich zieh mich gerne so an. Mal abgesehen davon: Ist doch voll heiß draußen. Mir ist sonst auch einfach zu warm. Sie scheinen doch ganz schön zu schwitzen in ihrem Hemd!" Sie lachte wieder.

Und sie hatte wieder mal recht. Ihm war wirklich zu warm und seine Kehle war ganz trocken.

Er musste lächeln. „Alina, du hast ja recht. Ich muss gestehen, letztendlich ist es mir egal wie du dich kleidest. Aber tu es doch vielleicht einfach um Stress zu vermeiden? Du siehst sehr gut aus, auch ohne dich so zurecht zu machen, versuch doch einfach ein bisschen zurückhaltender zu sein. Du hast diesen ganzen Schnickschnack doch auch einfach optisch nicht nötig."

„Herr Hartmann!" rief sie in gespielter Empörung aus und lachte wieder. „Da werde ich ja ganz rot."

Wurde sie wirklich. Da sie kaum Make-up trug konnte er deutlich erkennen, dass sich ihre Wangen einfärbten.

Jetzt musste er auch lachen.

„Naja gut, vielleicht haben Sie recht. Aber gut stehen tut es mir doch, oder?"

Alina stand auf, drehte sich um sich selbst und er musste schlucken. Es stand ihr wirklich gut. Ganz wie er vermutet hatte; es war eine jener besonders engen Leggins. Sie drehte sich wieder um sich selbst und ihre Haare wirbelten.

18

„Ja. Ganz toll, Alina, übertreib es nicht", sagte er nur und setzte seine ernste Miene auf.

Er versuchte sich nichts anmerken zu lassen. Sein Schritt kribbelte. Sie setzte eine gespielt enttäuschte Miene auf. Ihr Schmollmund stand ihr dabei ebenfalls ausgesprochen gut.

Er konnte verstehen, warum eine Frau wie Julie sich an Alinas Verhalten anstieß.

Sie war in manchen Dingen recht konservativ und sah in Alina wahrscheinlich einen schweren Werteverfall. Mal abgesehen davon war sie eine Frau, konnte gut sein, dass sie das Mädchen auch einfach nuttig fand.

Vielleicht neigten Männer aus gegebenem Anlass eher dazu, solch ein Verhalten zu ignorieren oder sogar zu dulden.

„Dann hätten wir das geklärt, ja? Versprichst du mir, dich in Zukunft ein wenig angemessener anzuziehen?"

„Ja doch, ich verspreche es."

„Sehr schön, ich danke dir."

Herr Hartmann blickt auf die Uhr. „Puh, schon so spät, ich muss dringend nach Hause. Also, wir sehen uns.... übermorgen, oder? In Französisch?"

„Jap, so ist es. Tschüss!", antwortete sie und verließ das Besprechungszimmer in die entgegengesetzte Richtung. Sie stürzte fast schon hinaus, so eilig hatte sie es.

Sie rannte den Gang entlang und hatte auch schon ihr Smartphone in der Hand, wahrscheinlich um den restlichen Tag zu planen. Herr Hartmann sah ihr mit zusammengekniffenen Augen hinterher. Sie sah wirklich scharf aus, wie sie da den Gang entlang hüpfte. Das musste er ihr zugestehen. Und irgendwie schaffte sie es, bei all ihrem aufreizenden Gehabe nicht abstoßend auf ihn zu wirken.

Es mochte verwunderlich klingen, dass solches Verhalten bei einem Mädchen überhaupt abstoßend auf einen Mann wirken kann. Aber viele der Mädchen auf der Schule waren so stillos und hoffnungslos albern in der Art, wie sie sich kleideten und schminkten.

Alina war da irgendwie anders. Er straffte die Schultern und maßregelte sich innerlich. Alina war eine Schülerin, solche Gedanken waren mehr als unerhört. Aber gleichzeitig gestand sich Herr Hartmann innerlich, dass es immer schwieriger wurde, den weiblichen Reizen als Mann zu widerstehen, mit denen man in der Schule tagtäglich zugeschmissen wurde.

Im Lehrerzimmer hastete er zu seinem Platz. Er hatte es jetzt wirklich eilig. Frau Hoffstädt erklärte er praktisch im Vorbeigehen, dass Alina sich zukünftig wohl besser anziehen würde und tat ihren Dank mit einer Handbewegung ab.

„Kein Ding, Julie, gerne doch."

Ein Blick auf die Uhr ließ ihn noch unruhiger werden. Fast vier Uhr. Es war mittlerweile zwar wieder lange hell draußen, aber dennoch. So viel vom Tag schien schon verloren.

Er klemmte sich seine Tasche unter den Arm und verließ das Schulgebäude durch den Nebeneingang, der auf den Lehrerparkplatz führte. Sein Auto stand recht nah beim Eingang, er neigte dazu häufig zu früh zu kommen und hatte daher parktechnisch praktisch freie Wahl.

Er steckte den Schlüssel ins Schloss und mit einem schnappenden Geräusch wurde entriegelt. Sein Auto, ein Oldtimer, war mattblau lackiert.

Ein wunderschöner Chevrolet Impala, Baujahr 1969, sein ganzer Stolz. Das Auto kostete ihn Unsummen, aber das war es ihm wert. Er hatte es beim Tod seines Vaters vor einigen Jahren vererbt bekommen. Sein Vater hatte selbst dafür gesorgt, dass der Wagen in Schuss blieb, aber da er selbst keine Ahnung davon hatte, wanderte das Auto für viel Geld regelmäßig in die Inspektion. Seine Frau konnte darüber nur den Kopf schütteln und betitelte den Chevrolet als „Opa-Auto". Aber er fand, der Wagen hatte einfach Stil.

Er setzte sich auf die dunklen Ledersitze und kurbelte als erstes das Fenster runter. Das Auto hatte den ganzen Tag in der prallen Hitze gestanden, das schwarze Lenkrad konnte man beinahe nicht anfassen, so heiß war es.

Er setzte mit seinem Schlachtschiff zurück und kurvte den Parkplatz hinauf bis zur Straße. Er hatte sich eine moderne Anlage in seine Armatur einbauen lassen und so dröhnten seine Lieblingslieder über seinen iPod aus den Boxen.

Er bog nach rechts auf die Straße ab und gab Gas. Der Wind strich durch das Auto und verschaffte ihm angenehme Kühlung.

Gerade als er in den vierten Gang hochschalten wollte, sah er aus den Augenwinkeln eine Bewegung.

Er sah genauer hin und erblickte Alina, die an der Bushaltestelle stand. Er überlegte ob er einfach zurückwinken und weiterfahren sollte, aber sie schien ihn nicht nur grüßen zu wollen, sondern ihn heran zu winken.

Er seufzte. Noch mehr Verzögerung. Dennoch drosselte er das Tempo und fuhr in die Parkbucht, die eigentlich für den Bus vorgesehen war.

Alina beugte sich durch das Fenster.

„Herr Hartmann! Na."

„Na. Was ist denn los?"

„Ach, mein Bus, ich habe den verpasst. Dank Frau Hoffstädt muss ich jetzt fast fünfzig Minuten auf den Nächsten warten. Können Sie mich nicht vielleicht mitnehmen?"

„Ich, äh... na klar, also...", entgegnete er.

Er war ein bisschen verwirrt, weil er durch ihre vorgebeugte Haltung einen sehr eingehenden Blick auf Alinas Brüste erhielt.

Sie waren wirklich ziemlich groß, vielleicht doch eher D. Sie schien leicht zu schwitzen, Alinas Ausschnitt glänzte in der Sonne.

„Also, wo musst du denn hin?"

„Ich muss einfach ans Dorfende, wenn Sie da langfahren können Sie mich da einfach rauslassen..."

„Ja klar, steig ein."

„Geil! Danke!", freute sie sich und schon hatte sie sich auf den Beifahrersitz gesetzt.

Herr Hartmann machte den Schulterblick, setzte den Blinker und fuhr langsam an. Alina atmete entspannt aus.

„Boah, das rettet mir den Tag. GAR KEIN Bock gehabt, jetzt so lange warten zu müssen."

„Hättest ja auch zu Fuß gehen können."

„Ach, als ob, noch weniger Bock drauf", lachte sie laut und winkte ab.

Die Fahrt gestaltete sich mehr und mehr als schwierig für ihn. Alina sah wirklich verdammt gut aus und er musste sich unglaublich zusammenreißen um sie nicht die ganze Zeit anzustarren.

Auch sein Körper reagierte entsprechend und er hatte Mühe, seinen halbsteifen Schwanz zu verbergen. Währenddessen führte Alina die Unterhaltung.

Sie war ein sehr angenehmer Gesprächspartner, erzählte von sich, aber fragte auch ihn immer wieder ein paar Dinge.

„Schönes Auto haben Sie. Wo haben Sie das gekauft?"

„Gar nicht. Habe es geerbt."

„Oh, das tut mir leid", antwortete sie geistesgegenwärtig.

Nicht viele Leute wären so aufmerksam gewesen, dachte er bei sich. Die meisten hätten wahrscheinlich nicht einmal verstanden, dass der Grund, warum er das Auto besaß, der Tod eines Menschen gewesen war.

Alina legte ihm die Hand auf die Schulter und sah ihn an. Sie sah ernsthaft bekümmert aus. Der leichte

Druck ihrer Hand auf seiner Schulter war auf unangenehme Art und Weise angenehm.

„Nicht schlimm, danke. Ist schon was her."

Er lächelte.

„Sind Sie eigentlich verheiratet?", fragte Sie jetzt nach.

„Ja, das bin ich in der Tat. Seit drei Jahren. Ich habe kurz nach dem Studium geheiratet."

„Haben Sie sie im Studium auch kennengelernt?"

Er nickte. Zwischen ihm und seiner Frau hatte es gleich von Anfang an gefunkt und sie waren schnell ein Paar geworden. Die Entscheidung zur Heirat war nicht schwergefallen, nachdem sie ihr Studium beendet hatten und er verstand sich noch heute so gut mit ihr, wie am ersten Tag. Er erzählte ein wenig und Alina hörte aufmerksam zu.

„Fast ein bisschen schade, dass sie sich so gut verstehen", war ihr Kommentar.

Herr Hartmann stutzte und runzelte die Stirn. Die Entscheidung, ob er auf diesen Kommentar eingehen sollte oder nicht, wurde ihm glücklicherweise abgenommen.

„Halt! Hier muss ich raus!", schrie sie fast schon und lachte, als er hart abbremste.

Zum Glück war hinter ihnen kein Auto gewesen. Er bog rechts in eine schmale Straße ein und hielt.

„Na denn", sagte er und blickte Alina in die Augen. Ihre Augen waren wirklich ausgesprochen schön. Ihre Wimpern waren sehr lang wie ihm jetzt auffiel, schienen aber nicht geschminkt zu sein.

„Na denn", gab sie zurück, blieb aber noch einen Moment sitzen.

Irgendwie wirkte sie nachdenklich. Dann stieß sie die Tür auf und lachte wieder, auch wenn es fast ein wenig angestrengt wirkte. Sie schlug die Tür hinter sich zu und beugte sich erneut durch das Fenster.

„Ich mag Sie, Herr Hartmann, wirklich. Sie sind cool!"

„Danke, weiß ich doch", nickte er es ab und versuchte betont lässig zu wirken.

„Wollen Sie sich nochmal meine Titten ansehen?"

Stille.

Die Frage traf ihn vollkommen unvorbereitet, beinahe hätte er sich verschluckt. Er blinzelte überrascht. Und zog die Augenbrauen zusammen, in der Hoffnung streng zu wirken.

„Ich, äh... wie bitte?!"

„Jetzt tun Sie mal nicht so, eben bevor ich eingestiegen bin haben Sie mir doch voll in den Ausschnitt geglotzt. Ist schon in Ordnung, wie gesagt, ich mag Sie."

Sie sprach sehr schnell und hatte einen kecken Tonfall drauf. Eine gewisse Röte, die erneut in ihren Wangen hochstieg, verriet aber, dass sie ein wenig aufgeregt war.

„Ich, also...", stotterte er, aber sie ersparte ihm eine Antwort.

„Nicht schlimm, Herr Hartmann, wirklich, ich werde es niemandem sagen. Hier!", sagte sie und lachte wieder laut.

Mit beiden Händen packte sie ihr lockeres Top im Ausschnitt und zog es runter, so dass ihre Prachttitten sich ihm entgegen wölbten. Nur ihr BH bedeckte ihre Brüste noch.

Abermals musste Herr Hartmann schlucken. Er wusste, das was hier passierte, gehörte sich nicht nur nicht, es war verboten. Nicht nur, dass das Mädchen, welches ihm gerade ihre Titten präsentierte, nur halb so alt war wie er und er verheiratet war, sie war auch eine Schülerin und er war ihr Lehrer.

Glücklicherweise standen sie in der Seitenstraße so, dass vorbeifahrende Autos kaum etwas von dem Geschehen mitbekommen konnten. Er wusste, er hätte seinen Blick abwenden und Alina maßregeln sollen, aber er konnte es nicht.

In diesem Moment musste er sich eingestehen, dass er ein Mann war.

Und das junge Fleisch, das ihm so bereitwillig dargeboten wurde, hatte eine Wirkung auf ihn, die er nicht leugnen konnte. Sein Schwanz war steinhart.

Er sagte nichts. Alina lachte abermals ihr helles, wunderschönes Lachen, herzlicher dieses Mal wieder.

„Wusste ich's doch."

Seine Reaktion schien sie zu bestätigen. Sie zog ihr Top wieder zurecht.

„Grüßen Sie ihre Frau von mir!", sagte sie und lächelte frech. Mit diesen Worten wandte sie sich um und ging. Herr Hartmann hatte den Eindruck, dass sie ihre Hüften dabei besonders aufreizend in Szene setzte. Ihr apfelförmiger Arsch wippte die Straße entlang.

Er sah ihr noch eine ganze Weile hinterher und löste sich erst aus seiner Trance, als ihm ein Auto entgegenkam. Er setzte zurück und begann die restliche Fahrt nach Hause. Seine Gedanken waren voll mit Alinas Titten.

Zu Hause angekommen verschwand er erst einmal auf die Toilette und holte sich einen runter. Danach war er etwas klarer. Mit der Klarheit kehrte aber auch das schlechte Gewissen zurück. Das war hart an der Grenze gewesen.

Eine Schülerin hatte ihm ihre Brüste gezeigt. Sie hatte es getan, sie hatte es gewollt, ja. Aber dennoch, wenn das rauskam konnte man ihm umgehend seine Verbeamtung entziehen und ihn entlassen.

Seine Frau war noch nicht zu Hause. Sie arbeitete im Vorstand eines großen Weinhandels und kam immer erst gegen sechs nach Hause. Er setzte sich in den Garten und versuchte seinen Kopf frei zu bekommen. Während er sich in die Vorbereitung für den Unterricht stürzte, konnte er nicht umhin immer wieder an die prallen, jugendlichen Brüste zu denken, die Alina ihm entgegen gereckt hatte.

Als seine Frau nach Hause kam, hatte er sich noch zwei weitere Male einen runtergeholt und war glücklicherweise wieder halbwegs klar. Dennoch konnte er nicht anders als seine Frau umgehend durchzunehmen, noch im Garten riss er ihr die Kleider vom Leib.

Sie hatten geilen, innigen Sex und er war dabei so ausdauernd wie selten zuvor. Fast eineinhalb Stunden lang fickte er seine Frau halböffentlich im Garten durch. Ihr Sex war selten so geil gewesen, was auch seine Frau bemerkte.

Als sie schließlich fertig waren und völlig verschwitzt auf der Terrasse zusammensackten. Doch sie schien das als Kompliment für sich zu nehmen und nicht verdächtig zu finden. Es gelang ihm den Rest des Abends zu überstehen ohne auffällig zu wirken. In der Tat hatte er mehr mit seiner Lust als mit seinem schlechten Gewissen zu kämpfen.

Die Selbstverständlichkeit, mit der Alina sich ihm dargeboten hatte, hatte ihn unglaublich angemacht. Er nahm sich vor, die Erinnerung zu wahren. Aber ansonsten würde er ihr keine Möglichkeit mehr bieten, ihn dermaßen in Verlegenheit zu bringen.

Am Tag darauf versuchte er, sich möglichst unauffällig durch das Schulgebäude zu bewegen. Er vermied es, in den Pausen das Lehrerzimmer zu verlassen und versuchte, sich so spät wie möglich auf den Weg zu seinem Unterricht zu machen, um in den überfüllten Fluren nicht zufällig mit Alina zusammen zu stoßen. Er wusste einfach nicht, wie er hätte reagieren sollen. Der Gedanke, sie würde ihn mitten im Schulflur genauso anmachen wie noch am Vortag im Auto, war natürlich lächerlich. Aber trotzdem plagte ihn die irrationale Angst, jemand könne Verdacht schöpfen.

Zu seinem Glück schaffte er es den Tag unbehelligt hinter sich zu bringen.

Dienstag hatte er immer nur vier Stunden und er war sich sicher, dass Alina ihm zu dieser Tageszeit nicht erneut an der Bushaltestelle auflauern würde.

Als er zu Hause ankam, entspannte er sich jedoch keineswegs. Der morgige Tag würde eine wahre Probe werden. Er konnte sich einfach nicht entscheiden. Sollte er versuchen, Alina in ihre Schranken zu weisen? Sie nach der Stunde zu sich bitten? Ihr mit extra Arbeit drohen, sie zum Rektor schicken oder gar ein Elterngespräch anberaumen? Letztlich entschied er sich für die einfachste Methode: Er würde einfach so tun, als sei überhaupt nichts gewesen. Damit konnte er eigentlich nichts falsch machen.

Mittwochs unterrichtete er Französisch gleich in der ersten Stunde und so verließ er sein Auto auf dem Lehrerparkplatz bereits mit Herzklopfen.

Es versprach ein sehr warmer Tag zu werden, wie schon seit gut einer Woche. Noch war es kühl, aber der Himmel war wolkenlos und bereits azurblau. Er sog die frische, sommerliche Luft ein.

Die Vögel sangen, er hatte wieder nur vier Stunden Unterricht, und eigentlich hätte er sich auf den Tag freuen sollen. Aber er würde sich wohl nicht mehr entspannen, bis er das Wiedersehen mit Alina hinter sich gebracht hatte.

Er betrat das Gymnasium und ging durch die noch leeren Flure zum Lehrerzimmer. Der Kunststoffboden quietschte leise unter jedem seiner Schritte und dieses Geräusch hallte zwischen den kahlen Wänden. Es war ein altes, städtisches Gymnasium, an dem er unterrichtete, welches vor kurzem von Grund auf saniert worden war. Die Stadt hatte es sich ein paar Millionen Euro kosten lassen und sich damit hoch verschuldet. Dafür glänzte die Schule mit einer neuen Fassade und neuen Fenstern und Türen, selbst das Dach war erneuert worden.

Auch im Inneren waren die Klassenzimmertüren ausgetauscht worden, die Tafeln waren in den Kursräumen durch sogenannte Smartboards ersetzt worden, ansonsten hatte sich aber wenig verändert.

Im Lehrerzimmer war er wie immer einer der ersten, nur auf den Plätzen des Schulleiters und von Julie, die Oberstufenkoordinatorin war, standen bereits Taschen und jeweils eine Tasse Kaffee. Aus der Küche hörte er ihre gedämpften Stimmen.

Er vermied es, sich zu ihnen zu stellen und rief stattdessen im Vorbeigehen ein „Guten Morgen"" in den Kücheneingang. Der Gruß wurde dumpf erwidert.

Herr Hartmann begab sich zu seinem Platz am Fenster und stellte ebenfalls seine Tasche auf den Tisch. Er zog den Stuhl zurück und setzte sich. Die Hände hinter dem Kopf verschränkt lehnte er sich zurück und schloss die Augen.

Als sich das Zimmer mehr und mehr füllte begann er damit, oberflächlich seine Materialien durchzuschauen, war gedanklich aber nicht bei der Sache. Er würde froh sein, wenn er die erste Stunde hinter sich gebracht hatte.

Als der Gong das erste Mal ertönte und der Haupteingang für die Schüler geöffnet wurde, steigerte sich seine Unruhe noch. Seine Handflächen wurden feucht, wie immer, wenn er nervös war. Scheinbar sah man ihm sein Unbehagen an, denn einer seiner Kollegen sprach ihn an. Frank, Sport und Spanisch, saß ihm schräg gegenüber.

„Julian, alles klar bei dir? Siehst ziemlich unentspannt aus."

„Ja... hab' 'ne schlechte Nacht gehabt. Wird schon."

„Julian, du weißt", sagte Frank und legte sanft seine Hand auf die seine, „du kannst mit allem zu mir kommen." Er legte den Kopf schief und blickte ihn augenklimpernd an. Dann lachten beide los.

„Jaja, schon klar, kann ich drauf verzichten", fügte Herr Hartmann immer noch grinsend an.

So wenig hilfreich der Kommentar auch gewesen war, so hatte doch das Lachen geholfen. Seine Handflächen waren weniger schwitzig und er war sich mit einem Mal sogar recht sicher, die erste Stunde ohne größere Probleme hinter sich zu bringen.

Als der Gong zum zweiten Mal ertönte griff er nach seiner Tasche und stieg die Treppen hoch in den ersten Stock.

Der Kurs, den er mittwochs immer unterrichtete, war in dem wohl kleinsten und schäbigsten Kursraum der gesamten Schule untergebracht, wohl aufgrund seiner geringen Größe. Sie waren gerade einmal 15 Leute, aber selbst mit so wenigen Schülern stellte der Raum eine Zumutung dar.

Als er an der Tür ankam und sie aufschloss, standen die Schüler noch am Geländer, das auf den Lichthof grenzte und blickten nach unten. Er musste kurz rufen, um sie auf sich aufmerksam zu machen. Als er seine Tasche abgestellt, seine Sachen rausgeholt und das Datum an die Tafel geschrieben hatte, kam gerade der letzte herein und schloss die Tür hinter sich, bevor er zu seinem Platz schlurfte.

Herr Hartmann ließ den Blick streifen. Kurz blieb er an Alina hängen. Sie saß in der hintersten Reihe und sah ihn unverwandt an, verzog aber keine Miene als ihre Blicke sich kurz kreuzten. Jetzt wurden seine Hände doch wieder feucht, aber alles in allem ging es. Er klammerte sich an die Formalien des Unterrichts, kontrollierte zuerst die Hausaufgaben und gab dem Kurs dann zwei Aufgaben im Buch, die sie am Ende der Stunde besprechen würden.

Für gewöhnlich sorgte er dafür, dass eine Diskussion über ein bestimmtes Thema entstand, er hielt seine Kursteilnehmer für intelligent genug, um mit dieser Unterrichtsform zu arbeiten.

Aber heute gab ihm die Stillarbeit die Gelegenheit mit gesenktem Blick am Pult zu sitzen. Er blätterte das Kursbuch durch, ohne wirklich etwas zu lesen und tat so, als würde er sich Notizen machen.

Er war wirklich froh, dass Alina sich während der Hausaufgabenkontrolle unauffällig verhielt. Sie hatte sich nicht gemeldet, ihn aber unverwandt angesehen, verzichtete jedoch dabei auf jegliche anzügliche Gesten.

Es half, dass sie heute vergleichsweise zurückhaltend gekleidet war. Man hätte es sogar fast als stilvoll bezeichnen können.

Ihr blassrosa Top verlieh ihr eine strahlende Gesichtsfarbe. Es war auch heute wieder weit geschnitten, allerdings nicht so sehr, dass man den BH sehen konnte und glücklicherweise auch nicht bauchfrei. Den vorderen Teil hatte sie unten in den Saum ihrer Hotpants gesteckt. Hotpants; viel Haut zwar, aber immerhin nicht so obszön eng wie die Leggins vor zwei Tagen.

Ihre Haare hatte sie zu einem Flechtkunstwerk geformt, das über ihrem linken Ohr begann und hinter ihrem Kopf verlief. Unter ihrem rechten Ohr löste sich die Frisur und wurde zu einem lockeren Zopf, der vorne über ihrer Schulter lag. Ausnahmsweise trug sie nicht bloß Anstecker an den Ohren, sondern einen Anhänger, den er aus der Entfernung als ein kleines goldenes Blatt identifizierte. Sie sah wirklich hübsch aus. Heiß, aber auch hübsch.

Die Besprechung der Aufgaben verlief ebenfalls ohne Zwischenfälle. Einmal meldete Alina sich und er wurde kurz nervös, aber sie sagte nur ihre Lösung. Letztlich wusste Herr Hartmann nicht, was er erwartet hatte. Sollte sie ihn vor dem gesamten Kurs auf das Geschehen von vor zwei Tagen ansprechen?

Als die Klingel ertönte war er durchaus zufrieden mit sich. Während er erneut sehr konzentriert in sein Kursbuch blickte und darin herumblätterte, verließen die Schüler den Raum.

Auch Alina. Ein kurzer Stich. War das Enttäuschung? Er musste über sich selbst lachen.

Doch dann flutete ihn die Erleichterung, den schwierigsten Teil des Tages hinter sich gebracht zu haben. Die nächste Französisch-Doppelstunde war am Freitag und das erschien ihm mit einem Mal sehr weit weg und nicht sonderlich besorgniserregend. Und schließlich war es gerade doch gut gelaufen, oder?

Fröhlich pfeifend verließ er den Kursraum. Die folgenden Stunden liefen gut, seine Motivation schien auf seine Schüler überzuspringen.

Nach der vierten Stunde verließ er hervorragend gelaunt das Lehrerzimmer.

Den Finger in den Schlüsselring eingehakt, wirbelte er seinen Schlüsselbund im Kreis und schwang seine Tasche leicht in der anderen Hand. Das Wetter war wirklich wieder ausgezeichnet. Vielleicht würde er sich ein paar Stunden im städtischen Freibad gönnen und ein paar Bahnen schwimmen? Gerade als er seinen Einfall als hervorragende Idee abgestempelt hatte, sah er sie.

Alina lehnte an der Tür, die auf den Lehrerparkplatz hinausführte. Sie tippte auf ihrem Smartphone herum, aber als er um die Ecke kam, blickte sie hoch. Das nichtssagende Pokerface, das sie im Unterricht aufgesetzt gehabt hatte, war wie weggewischt. Ihr freches Grinsen war zurück.

„Hallo, Herr Hartmann", sagte sie.

„Hallo", entgegnete er sehr knapp. „Was gibt's?"

Er war wie paralysiert. Die noch eben verspürte Euphorie war wie weggewischt und seine Hände begannen wieder zu schwitzen. Er wusste nicht was er tun sollte und blieb wie angewurzelt stehen.

„Was sind Sie denn so barsch?", fragte sie halb ernsthaft und verschränkte die Arme.

Er wusste nicht ob es ihre Absicht gewesen war, jedenfalls drückte sie ihre Brüste damit nach oben. Seine Kehle war schon wieder ganz trocken.

„Alina... nicht. Was immer du vor hast, lass es bleiben. Es ging am Montag bereits deutlich zu weit. Ich will das nicht mehr sehen! Und ich hätte mehr von dir erwartet."

Er hoffte, dass seine Stimme nicht zu brüchig und trocken klang und setzte außerdem darauf, dass die

Mischung aus Ermahnung und Appell sie von weiteren Maßnahmen abhalten würde. Sie schien kurz stutzig zu werden, fing sich aber sehr schnell wieder.

„Sind Sie... sind Sie sicher, dass sie das hier nicht noch einmal sehen wollen?"

Ihre Stimme war ganz ruhig und leise geworden während sie das sagte und sie trat ganz dicht an ihn heran.

Herr Hartmann wich gegen die Wand zurück, der kühle Beton drückte sich gegen seinen Rücken. Er sagte nichts.

Alina hatte ihr Kreuz durchgedrückt und reckte sich ihm entgegen. Mit den Händen zog sie ihr Top am unteren Ende nach unten. Und zum zweiten Mal wölbten sich ihm diese wunderschönen Titten entgegen. Sie stand ganz ruhig da. Er spürte die Wölbung ihrer warmen, runden Brüste an seinem Solarplexus. Sie blickte ihn unverwandt von unten an. Er konnte nur in ihren Ausschnitt starren. Wieder schluckte er.

Seine Hände hatten sich um den Griff seiner Tasche verkrampft und er musste sich mit aller Macht davon abhalten, sie an ihre Brüste zu legen.

Da stand sie, eine Schülerin, direkt vor ihm und bot sich ihm auf solch direkte Weise an. Er konnte es nicht fassen. Sein Schwanz pochte schmerzhaft in seiner Jeans.

Immer noch fühlte er sich nicht in der Lage, etwas zu sagen. Er wünschte sich einfach nur, sie möge endlich zurücktreten. Wenn jemand sie sah, steckte er in den größten Schwierigkeiten seines Lebens.

„Sie müssen nicht so zurückhaltend sein, Herr Hartmann. Ist schon in Ordnung. Ich will es doch. Na los, fassen sie sie ruhig an..."

Sie fasste nach seinen Handgelenken. Ihre zarten Finger waren ganz vorsichtig und ihre Haut schien ihm wahnsinnig weich. Seine Kehle war ganz ausgedörrt. Er sah ihr jetzt ins Gesicht. Ihre dunkelblauen Augen starrten ihn unverwandt an. Sie blinzelte. Alles erschien ihm wie in Zeitlupe.

Ihr war offensichtlich sehr warm, ihr Gesicht glühte. Sie atmete durch den Mund aus. Einmal mehr nahm er ihre wunderschönen Lippen wahr. So voll und weich. Wie es wohl wäre, sie zu küssen?

Alina erhöhte den Druck ihrer Hände und mit sanfter Gewalt löste sie seinen verkrampften Griff um die Tasche. Sie fiel zu Boden. Ganz langsam hob sie seine Hände weiter nach oben. Dann war es so weit.

Sie legte seine Hände auf ihren Brüsten ab. Ganz vorsichtig, ganz sanft, als hätte sie Angst ihn zu verschrecken. Er spürte die Hitze ihrer Haut unter dem dünnen Stoff ihres Tops.

Sie löste ihren Griff um seine Handgelenke und legte ihre Handflächen auf seine Handrücken. Sanft drückte sie sie nach unten. Ein gieriges Stöhnen entrang sich ihm als seine Finger in das weiche Fleisch ihrer Titten federten. Alina ließ ihre Arme wieder sinken und stand einfach da. Die ganze Zeit blickte sie zu ihm hoch.

Er begann ihre Brüste zu kneten. Genussvoll gruben seine Fingerspitzen sich in ihre Titten. Selbst durch die Schalen des BHs waren sie unfassbar weich. Er walkte sie richtig durch, hob sie leicht an, drückte sie zusammen, presste sie gegen Alinas Oberkörper und vergrub die ganze Zeit seine Finger so tief wie möglich in ihren weichen Möpsen.

Die Art und Weise, wie sie das alles einfach geschehen ließ, machte ihn unwahrscheinlich an. Es konnte nicht länger als eine Minute gedauert haben, als Alina seine Hände umfasste und von ihrer Arbeit abhielt, aber es kam ihm wie eine Ewigkeit vor. Er blickte sie an. Ein leichtes Lächeln umspielte ihre Lippen. Mit einem Mal wirkte sie gar nicht mehr so frech und herausfordernd, sondern fast verletzlich.

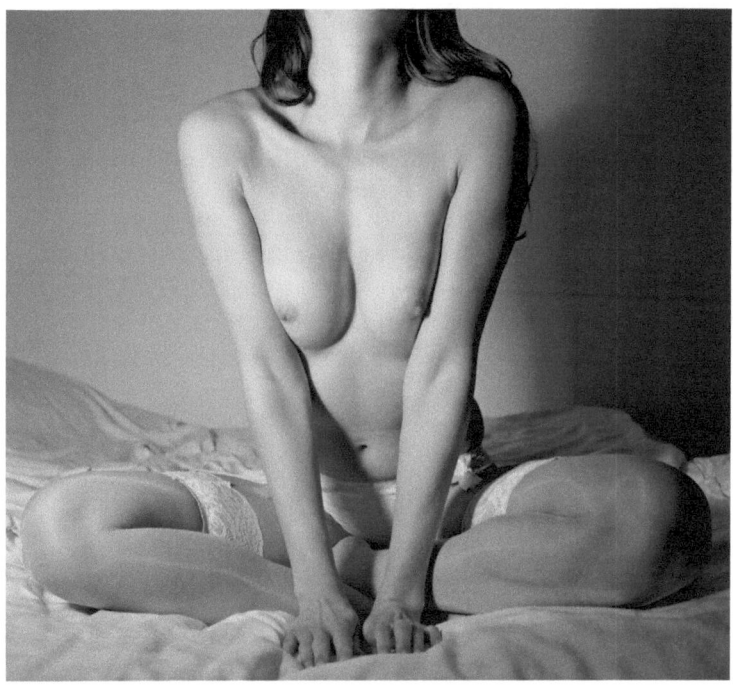

„Das reicht für heute", sagte sie sanft.

Er nickte nur. Ihr Lächeln wurde etwas breiter. Mit einem Mal stellte sie sich auf die Zehenspitzen und reckte sich zu ihm hoch. Ihre Lippen trafen sich.

Ihm wurde schwindelig und er war froh immer noch mit dem Rücken an der Wand zu lehnen, sonst wäre er sicherlich umgekippt. Ihre Lippen waren noch weicher, als er es sich vorgestellt hatte.

Es war ein sehr sanfter Kuss, gleichzeitig aber so intensiv und leidenschaftlich, wie Herr Hartmann es noch nie gespürt hatte.

Als ihr Kuss schließlich endete schmerzte es ihn beinahe körperlich. Noch nie hatte er solch ein Verlangen gespürt und war gleichzeitig so hilflos gewesen.

„Das wollte ich Ihnen schenken", flüsterte Alina.

Ihr Gesicht war immer noch ganz nah vor seinem, während sie das sagte. Er spürte ihren sanften Atem auf seiner Wange. Sie stellte sich wieder normal hin und trat einen Schritt zurück. Mit einem Mal schien sie wieder ganz die Alte. Ihr lautes Lachen schallte durch den Flur.

„Mensch, Sie wirken ja richtig geschafft. Ich nehme das als Kompliment!"

Mit diesen Worten drehte sie sich um und ging. Er stand einfach nur da. Dann hielt sie noch einmal inne.

„Herr Hartmann?", hörte er sie rufen.

Er sah sich zu ihr um. „Ja?", brachte er hervor.

„Nächste Woche werde ich 18. Am Mittwoch, in sieben Tagen."

Sie stockte kurz.

„Dann möchte ich auch ein Geschenk von Ihnen."

Damit wirbelte sie herum und weg war sie.

Er stand noch geschlagene fünf Minuten im Flur und blickte dorthin, wo sie hinter der Ecke verschwunden war. Als ein Kollege durch die Tür das Gebäude betrat, hob er jedoch hastig seine Tasche auf und hoffte dabei nicht allzu auffällig zu wirken. Den Weg nach Hause legte er wie in Trance zurück, am Abend konnte er sich überhaupt nicht mehr an die Fahrt erinnern.

Er war sehr abwesend an diesem Tag. Seine Frau fragte ihn mehrmals, was los sei, aber er schaffte es sie davon zu überzeugen, einfach einen anstrengenden Tag gehabt zu haben.

Er war maßlos geil, die ganze Zeit musste er seinen gewaltigen Ständer vor ihr verbergen, denn gleichzeitig war er so verwirrt, dass er nicht das Gefühl hatte, jetzt mit ihr schlafen zu können.

Wegen ihrer Arbeit saß sie noch lange im Wohnzimmer am Laptop, während er schon oben im Bett lag. Das Zimmer war ganz dunkel und er lag in Boxershorts da, nur ein Bettlaken über dem Körper, für eine richtige Decke war es viel zu warm.

Ein Fenster war geöffnet, das Zirpen der Grillen drang zu ihm.

Gedankenverloren starrte er an die Zimmerdecke. Die Arme hatte er hinter dem Kopf verschränkt. Seine Gedanken drehten sich nach wie vor im Kreis.

Gerade als er kurz davor war einzuschlummern, durchbrach ein dumpfes Vibrieren die Stille. Es leuchtete weiß aus seiner Schultasche.

Er hatte sie den gesamten Tag über nicht mehr angerührt nachdem er zurückgekehrt war und sein Handy schien immer noch darin zu liegen.

Er krabbelte aus dem Bett und tappte zu der Tasche hinüber, griff sich sein Smartphone und warf sich wieder auf die Matratze.

Mit zusammengekniffenen Augen, um vom kalten Licht des Gerätes nicht zu sehr geblendet zu werden, löste er die Tastensperre. Eine WhatsApp-Nachricht poppte auf, allerdings von einer unbekannten Nummer.

Er tippte auf die Nachricht. Kurz erschien das Ladesymbol, dann öffnete sich das Chatprogramm. Die Nachricht enthielt keinen Text, nur ein Bild.

Ein Foto, das sofort wieder für ein unangenehmes Spannen in seinen Shorts sorgte. Woher zum Teufel hatte Alina seine Nummer?

Das Foto zeigte ihre prallen Brüste. Dieses geile Stück.

Jetzt schickte sie ihm schon erotische Bildchen von sich. Das Foto war frontal aufgenommen und zeigte ihre Brüste in dem gleichen dunklen BH, den sie auch am Montag angehabt hatte. Die Schalen waren mit dünner Spitze besetzt und pressten Alinas Vorbau nach oben.

Unwillkürlich wanderte seine Hand zu seinem Schwanz. Und während er in der Dunkelheit des Zimmers lag und das Foto anstarrte, holte er sich einen runter. Er starrte auf die Brüste einer Schülerin und holte sich einen runter.

Es dauerte nicht lange, dann kam er und verteilte sein Sperma auf dem Fußboden.

Nachdem er die Sauerei mit einer Menge Taschentücher beseitigt hatte, sackte er matt in das Bett zurück. Mit einem Mal war er unwahrscheinlich müde. Der Schlaf übermannte ihn plötzlich und er döste weg. Sein Schlaf war traumlos und sehr erholsam.

Die folgende Woche verlief ohne weitere Zwischenfälle. Alina fehlte im Unterricht, was ihn letztlich noch mehr verwirrte, als wenn sie ihn wieder angemacht hatte.

Ständig schwang seine Stimmung zwischen Lust, einer nagenden Angst sie würde jemandem von dem erzählen, was passiert war und einer undefinierbaren Unruhe, die in seinem Bauch rumorte.

Sehr zu seiner eigenen Verwunderung hatte er kein schlechtes Gewissen seiner Frau gegenüber. Er machte noch mehr Sport als sonst, um mit der überschüssigen Energie fertig zu werden.

Jeden Abend um etwa elf Uhr vibrierte sein Handy und schenkte ihm ein weiteres Bild. Aus verschiedenen Blickwinkeln wurden ihm Alinas Brüste präsentiert, von oben, von der Seite, immer in verschiedenen BHs. Einmal sogar nur mit ihren Händen bedeckt.

Und an keinem Abend verpasste er eine Gelegenheit, es sich selbst zu besorgen während er auf diese Bilder starrte. Genau so abwechslungsreich, wie die Bilder, die er bekam, war sein Verhalten seiner Frau gegenüber.

An einen Tag reagierte er sich an ihr ab und sie hatten
den geilsten Sex, seitdem sie ein Paar waren, während
er am nächsten Tag ihre Gegenwart mied und
wortkarg jeder Berührung aus dem Weg ging. Wenn
ihr dieses merkwürdige Verhalten auffiel, sagte sie
nichts dazu.

Am Dienstag, einen Tag vor Alinas Geburtstag, wich
sie in ihren abendlichen SMS von ihrem Schema ab.
Bisher hatte sie ihm immer nur die Bilder geschickt,
ohne Text, ohne Erklärung. An diesem Abend änderte
sich das.

Als sein Handy um kurz nach elf den ersehnten Ton
von sich gab, erwartete ihn kein Bild ihrer Brüste.
Stattdessen erblickte er eine Makroaufnahme ihrer
Lippen. Es war eine sehr klischeehafte Aufnahme.

Ihr Mund war rot geschminkt und sie biss sich auf
ihre Unterlippe. Ein paar Sekunden, nachdem er das
Bild geöffnet, hatte vibrierte sein Handy ein weiteres
Mal und eine kurze Nachricht erschien:

„Ich hoffe, Sie haben morgen ein besonders schönes
Geschenk für mich."

Er musste schlucken. Was meinte sie? Einfach nur,
dass sie ein Geburtstagsgeschenk erwartete, Schmuck
vielleicht? Oder hatte er die Doppeldeutigkeit dieses
kurzen Satzes richtig erkannt?

In dieser Nacht brauchte er lange, um einzuschlafen.
Er musste sich eingestehen, dass er aufgeregt war,
und nicht auf die unangenehme Weise.

Als er am nächsten Morgen viel zu früh erwachte,
konnte er es gar nicht abwarten, in die Schule zu
kommen.

Er war überraschend gut gelaunt, gab seiner schlaftrunkenen Frau einen Abschiedskuss und fuhr zur Arbeit, während aus seinen Boxen laut die neuste EP von Seed schallte.

Im Lehrerzimmer wippte er die ganze Zeit mit dem Bein vor lauter Unruhe und hastete schon beim ersten Gong nach oben. Die Stimmen der Schülermasse, die durch das Treppenhaus nach oben strömte schallten ihm entgegen, als er die Tür aufschloss. Er ließ die Tür offenstehen, schrieb wie gewohnt das Datum an die Tafel und nahm hinter dem Pult Platz.

Die Kursteilnehmer tröpfelten nur sehr zögerlich in den Kursraum und gerade als er dachte, Alina würde auch heute nicht erscheinen betrat sie den Raum zusammen mit den restlichen Schülern.

Sie lachten und scherzten und Alina trug einen Trockenkuchen, den ihr offensichtlich eine Freundin gemacht hatte.

„Ich habe heute Geburtstag!", verkündete sie in ihrer vorlauten Art und die Schüler, die bereits saßen, riefen ihr ihre Glückwünsche zu.

„Alles Gute", sagte auch Herr Hartmann und raffte sich dazu auf sich zu erheben und ihr die Hand zu geben.

Freudestrahlend ergriff sie sie. Die Welt schien kurz stillzustehen, als er ihre warme, weiche Haut auf seiner spürte.

Die Stunde verlief gut, auch wenn es ihm ausgesprochen schwerfiel, nicht die ganze Zeit zu Alina zu blicken. Sie hingegen schien ganz cool, machte wie gewohnt wenig mit und scherzte immer wieder laut.

Sie schien sich heute besonders schick gemacht zu haben. Sie trug eine weiße Bluse, deren drei oberen Knöpfe geöffnet waren und dazu einen dunklen Blazer mit halblangen Ärmeln. Ihre Bluse steckte ihn einer etwas altmodischeren Version einer Hotpants. Der Jeansstoff war nicht wie sonst heutzutage typisch auf Hüfte geschnitten, sondern reichte ihr bis über den Bauchnabel und ihre Bluse war locker in den Bund gesteckt.

Ihre Haare waren zu der gleichen Frisur geflochten wie auch eine Woche zuvor.

Und sie hatte roten Lippenstift aufgetragen. Das hatte er gleich als sie eingetreten war mit einem leichten Herzflattern bemerkt.

Ununterbrochen musste er an den kurzen Satz denken, den sie ihm gestern geschickt hatte. Aber als der Gong das Ende der Stunde verkündete verließ sie zu seiner Enttäuschung mit den übrigen Schülern den Raum. Er wusste nicht, was er erwartet hatte. Vielleicht einen Blick, ein Schmunzeln, ein Zeichen, irgendwas?

Die restlichen drei Stunden schienen einfach nicht vergehen zu wollen. In den Pausen und auf dem Weg zwischen den einzelnen Klassen hielt er Ausschau nach ihr, aber sie ließ sich nicht blicken.

Schließlich war er mit dem Unterricht fertig. Er saß im Lehrerzimmer und wusste nicht so recht was er tun sollte. Der Raum war voll mit seinen Kollegen, da es gerade zur zweiten großen Pause geklingelt hatte.

Plötzlich trat eine ältere Kollegin zu ihm an den Platz. Sie hatten nicht viel miteinander zu tun und sich bisher kaum gesprochen, daher schien sie sich unsicher, ob sie das Sie oder das Du als Anrede wählen sollte.

„Ähm, eine Schülerin wartet vor der Tür, irgendwas Wichtiges", sagte sie deshalb nur.

Sein Herz begann zu rasen. Er dankte seiner Kollegin mit einem knappen Kopfnicken, schob seinen Stuhl mit einem schabenden Geräusch zurück und stand auf. Er drückte sich durch den überfüllten Raum.

Die Tür stand während der zweiten Pause immer offen und Schüler mit Fragen und Problemen drängten sich um den Eingang. So sah er sie schon aus einiger Entfernung. Alina stand mit verschränkten Armen da und blickte ihm entgegen. Er drängte sich durch die kleine Traube aus Schülern. Dann stand er vor ihr.

„Hallo, Alina. Nochmal alles Gute!"

„Danke!", strahlte sie zurück.

„Was wolltest du denn?", wagte er die Frage.

„Mein Geschenk." Ihr Lächeln war verheißungsvoll.

„Meinen Sie nicht, wir könnten irgendwo hingehen, wo es weniger voll ist?", fragte sie halblaut.

„Ich... ja klar, also... wie wäre es mit dem Besprechungszimmer?"

Irgendwie erschien ihm das passend. Außerdem besaß es den Vorteil eines „Nicht stören" - Schildes, das Unterbrechungen während ernsten Lehrer-Schüler-Gesprächen vermeiden sollte.

„Klingt gut!", freute Alina sich und drehte sich um.

Er folgte ihr, konnte es sich aber nicht verkneifen sich immer wieder umzublicken.

Er fühlte sich so verdächtig, dass sie doch jemand aufhalten musste. Aber niemand rief seinen Namen, niemand warf ihm böse Blicke zu und so folgte er Alina in den stilleren Teil der Schule. Ihr Arsch war wahnsinnig eng verpackt in der hoch geschnittenen Jeans und wippte aufreizend vor ihm her. Sein Schwanz drückte schon wieder gegen seine Hose.

„Wie haben Ihnen die Bilder gefallen?", fragte sie mit einem Mal ohne sich umzudrehen.

„Gut", antwortete er nur. „Sehr sogar", fügte er dann doch noch hinzu.

Sie sagte nichts darauf. Vor dem Besprechungszimmer blieb sie stehen und blickte ihn an.

Er schloss die Tür auf und ließ ihr den Vortritt. Er hängte das Schild an die Klinke und schloss die Tür hinter sich. Alina stand kurz einfach da und sah ihn.

„Schließen Sie lieber ab", sagte sie dann und deutete auf die Tür.

Er nickte und drehte den Schlüssel im Schloss.

„Alina, ich...", setzte er an, aber da war sie schon an ihn herangetreten, hatte sich hochgereckt und küsste ihn leidenschaftlich.

Anders als beim letzten Mal war er nicht ganz so unvorbereitet. Er erwiderte den Kuss, legte seine Arme um ihre Taille und zog sie ganz eng an sich. Sie fasste sein Gesicht mit ihren beiden Händen und reckte sich ihm noch mehr entgegen. Ihr Körper rieb sich an seinem. Ein paar Minuten waren sie ganz ineinander versunken, dann trat sie zurück.

„Ich will jetzt mein Geschenk", wiederholte sie.

Ihre Wangen waren gerötet, ihre Haare etwas durcheinander und sie atmete schwer durch den Mund. Sie sah unfassbar heiß aus.

Mit zittrigen Händen knöpfte sie den Blazer auf, den sie trug und ließ ihn über die Schultern zu Boden gleiten.

Er keuchte auf. Sie trug ganz offensichtlich keinen BH, durch den dünnen weißen Stoff ihrer Bluse zeichneten sich deutlich ihre Brustwarzen ab. Unfassbar wie straff diese jugendlichen Titten waren.

Sie knöpfte auch ihre Bluse auf und dann lagen sie vor ihm. Die blanken Brüste einer 18-jährigen, die noch vor einem Tag 17 gewesen war.

Eines jungen Mädchens, das so versaut und geil war, wie er es nie für möglich gehalten hätte. Anders als den Blazer behielt sie die Bluse aber an. Sie trat wieder ganz dicht an ihn heran. Sofort fasste er nach ihren Titten. Er knetete sie, vergrub seine Finger in ihnen, zwirbelte sanft ihre harten Nippel.

Auch sein Atem ging jetzt schwer. Währenddessen machte sich Alina an seiner Hose zu schaffen. Der Gürtel wurde geöffnet und glitt zu Boden. Dann der Reißverschluss und seine Jeans rutschten ihm unter die Knie. Sie sah ihm ein letztes Mal kurz in die Augen, dann fasste sie seine Shorts am Saum und riss auch sie herunter. Sein Schwanz sprang heraus.

Ein überraschtes Keuchen von Alina.

Herr Hartmann war sehr stolz auf seinen Schwanz. Knapp zwanzig Zentimeter lang, konnte man ihn getrost als groß bezeichnen. Aber vor allem war er dick. Mehr als fünf Zentimeter maß er im Durchmesser. Alinas zarte Hände legten sich um sein Teil, sie konnte es gerade so umfassen. Sein Ding pulsierte förmlich. Er war so geil, wie nie zuvor in seinem Leben. Aber er wagte es nicht, Alina zu drängen. Er wollte, dass sie es selbst tat.

Immer noch hielt sie seinen Harten in den Händen und starrte völlig fassungslos und scheinbar fasziniert darauf. Er hielt ganz still und beobachtete sie.

Dann hob sie den Blick. Ihre großen, dunkelblauen Augen blickten ihm entgegen. Kurz wirkte es, als wolle sie etwas sagen. Aber was immer ihr auf der Zunge gelegen hatte, sie verkniff es sich. Ohne weitere Umschweife nahm sie seinen Schwanz in den Mund.

Herr Hartmann sog scharf die Luft ein, als ihre Lippen sich um sein Glied schlossen. Was für ein Anblick. Die roten Lippen einer 18-jährigen umstülpten seinen Schwanz. Sie hielt ihn an der Wurzel mit beiden Händen umfasst und umspielte mit ihrer Zunge seine pralle Schwanzspitze. Sie saugte und lutschte an seinem Schwanz und machte dabei gleichzeitig einen so gierigen und so glücklichen Eindruck, dass es ihn fast um den Verstand brachte.

Dann nahm sie ihre linke Hand weg und legte sie auf ihrem Oberschenkel ab, um seinen Schwanz bis zum Anschlag in den Mund zu nehmen.

Er spürte wie er hinten an ihre Kehle stieß. Gurgelnde und saugende Geräusche erfüllten den kleinen Raum, während dieses geile Stück ihm den Blowjob seines Lebens gab.

Sie hob den Blick und sah ihm direkt in die Augen. Sie hatte ihre Zunge rausgestreckt und ließ darauf seinen Schwanz aus ihrem Mund heraus und wieder hineinfahren. Speichel gurgelte aus ihrem gierigen Schlund und troff über ihr Kinn auf ihre Titten hinunter. Sie wippten ihm Takt ihrer Bewegungen vor und zurück und verteilten den Speichel weiter auf ihrem Schoss und ihrer kurzen Jeans.

Es war ein unwahrscheinlich vulgärer und erregender Anblick.

Sein Schwanz pochte und pulsierte und jubelte unter der gottgleichen Behandlung. Alinas Kopf ruckte vor und zurück und sie blies, ohne dass er auch nur ansatzweise ihre Zähne spürte, dabei waren ihre Lippen bis zum Anschlag gespannt.

Ihr Lippenstift schien ziemlich teuer zu sein. Trotz des ganzen Speichels um ihren Mund färbte er nicht merklich ab.

Herr Hartmann keuchte und stöhnte. Alina wurde langsamer und stoppte die ruckartigen Bewegungen schließlich ganz. Langsam und genussvoll ließ sie sein pralles Ding aus ihrem süßen, kleinen Mund gleiten. Mit der freien Hand wischte sie sich den Speichel aus dem Gesicht, während ihre rechte ihn sanft weiter wichste.

„Das ist wirklich das beste Geschenk, das ich mir wünschen konnte", brachte sie zwischen zwei schweren Atemzügen hervor.

„So ein fettes Teil hatte ich noch nie."

Sie hob mit der Hand seinen Schwanz an und leckte mit weit herausgestreckter Zunge scheinbar genüsslich seinen ganzen Schaft entlang, von unten nach oben, immer wieder. Er sagte nichts und genoss einfach die Show. Alina war wirklich ein Profi.

Sie umspielte seine Schwanzspitze, saugte und nuckelte an seiner prallen Eichel, dann leckte sie wieder seinen ganzen Schwanz ab. Ein paar Minuten stellte sie so ihre Künste zur Schau und ließ Herr Hartmann das Bild genießen.

Dann nahm sie seinen Schwanz wieder in den Mund. Bis zur Hälfte versank er in ihr, er spürte wie er wieder hinten an ihre Kehle stieß. Aber anstatt wie zuvor den Kopf wieder zurück zu ziehen, verstärkte sie ihren Druck noch weiter. Dann spürte er eine schluckende Bewegung und mit einem Mal rutschte sein Schwanz ganz in ihre Kehle. Erschrocken hechelte er, dann musste er sich zusammenreißen, um nicht vor Geilheit und Lust viel zu laut aufzustöhnen. Sein ganzes Teil steckte bis zum Anschlag in der warmen, glitschigen Kehle dieser absolut gierigen, kleinen Schlampe.

Sie blickte zu ihm hoch, ihr Gesicht war rot und verschwitzt, ihre dunkelblauen Augen groß und rund. Sie fasste nach seinen Händen und legte sie um ihren Hals.

Erneut musste er ein lautes Stöhnen unterdrücken, als er ihre geschwollene Kehle unter seinen Fingern spürte. Ihre Kehle, die ganz und gar mit seinem Schwanz ausgefüllt war.

Drei, vier, fünf, sechs Sekunden hielt Alina es durch, dann ruckte ihr Kopf nach hinten und sein mit Speichel verschmiertes Glied flutschte aus ihrem Hals.

Sie atmete schwer. Dann griff sie wieder zu, mit ihren zarten, weichen Händen griff sie sich sein Teil und wichste es schnell und fest. Sie sah ihn an, schon wieder. Diese tiefblauen Augen, die ihn anblickten. Die Augen seiner gerade erst nicht mehr minderjährigen Schülerin.

„Hat Ihnen das gefallen, ja?", peitschte sie ihn auf.

„Mögen Sie es Ihren harten, riesigen Schwanz im Rachen ihrer Schülerin zu versenken? Mit so einem gigantischen Teil habe ich das noch nie gemacht..."

Speichelfäden spannten sich locker zwischen ihren bebenden Lippen und seiner Schwanzspitze. Dann schnappte sie wieder zu, lüstern sog sie seinen harten Prügel ein. Und wieder tat sie es, wieder spürte er ein krampfhaftes Schlucken und sein Teil glitt in ihre enge, warme Kehle. Dieses Mal packte er sie am Hinterkopf und presste sie an seine Leiste.

Er wollte so tief es ging in ihr sein. Er legte den Kopf zurück und genoss es. Nach fast zehn Sekunden wollte Alina ihren Kopf zurückziehen, aber er reizte es aus und hielt sie eisern fest. Als er sie freigab war sie hochrot und atmete gepresst aus.

„Sie notgeiler Kerl!", hechelte sie. „Sie missbrauchen wohl gerne den Rachen ihrer Schülerin? Na los Sie Hund, jetzt kommen Sie schon endlich. Wollen Sie nicht abspritzen? Wollen Sie nicht ihr geiles Zeug über mich verteilen, hm?"

Er war nicht imstande ihr zu antworten. Ihre Worte trieben ihn auf die Spitze, dazu das intensive Gefühl ihrer Hand an seinem Teil.

Sie machte weiter: „Na los, kommen Sie schon. Spritzen Sie mir ins Maul, pumpen Sie mir Ihr geiles Zeug in meinen Mund. Ich will es, ich brauche es!"

Er spürte wie sich sein Unterleib zusammenzog, sein Schwanz pulsierte und zuckte. Sie merkte, dass er jetzt kurz davor war und gab ihm den Rest. Sie positionierte ihren Kopf eine Handbreit vor seiner Schwanzspitze und leckte sich ihre Lippen.

„Los schon, ich will Ihr Sperma schmecken. Spritzen Sie ab, spritzen sie ihrer Schülerin in den Mund! Sehen Sie nicht, wie nötig ich es habe? Geben Sie mir, was ich brauche, bitte!"

Dann kam es ihm. Er spürte wie sein Zeug brodelnd in ihm hochstieg. Er erlebte den Orgasmus seines Lebens.

Alina riss ihren Mund auf und reckte ihm ihre Zunge entgegen. Der erste Schub kam mit so viel Druck, dass er kaum in Alinas Mund landete.

Schwer und satt flatschte er auf ihre Wange, quer über ihr Gesicht, von ihrem Mundwinkel bis zu ihrem Ohr in ihre goldenen Haare.

Sie korrigierte ihre Position leicht und die folgenden Schübe landeten sicher in ihrem weit aufgerissenen Mund. Acht Mal spritzte er ab, sieben Mal pumpte er sein Zeug in Alinas Mund. Sie hielt den Kopf so, dass er alles sehen konnte.

Sie schluckte nicht und sein Zeug sammelte sich mehr und mehr an. Schließlich ebbten die Schübe ab und gingen in ein Tröpfeln über. Sie molk seinen Schwanz förmlich, presste auch den letzten Tropfen aus seiner

Schwanzspitze in ihr weit aufgerissenes Fickmaul.
Dann schloss sie den Mund.

Sie stand auf und ein paar Sekunden lang tat sie
überhaupt nichts. Ihr Kinn war gereckt und so war die
Schluckbewegung gut sichtbar, begleitet von einem
deutlich hörbaren Glucksen. Mit der linken Hand
wischte sie sich den ersten Spritzer von der Wange
und lutschte genussvoll ihre Finger ab. Wieder einmal
schenkte sie ihm diesen Blick, der ihn so wahnsinnig
machte. Sie trat an ihn heran, legte ihren Kopf an
seine Brust und umarmte ihn.

Auch er legte seine Arme um sie. Einen kurzen
Moment standen sie so da. Er schloss seine Augen
und lehnte seinen Hinterkopf an die Wand.

Schließlich löste sie sich von ihm.

„Ich muss mich beeilen, es klingelt gleich schon", sagte
sie mit sanfter Stimme.

Er öffnete die Augen. „Ja, klar, ich… ich muss auch
gleich eh weg, also …", meinte er und zog sich seine
Hose hoch. Sein Schwanz beruhigte sich nur sehr
langsam und erschwerte ihm das.

„Danke", fügte er hinzu. „Und ich dachte, du wolltest
ein Geschenk von mir."

Alina lachte frech. „Glauben Sie mir, das war das
schönste Geschenk, das ich je bekommen durfte. Sie
schmecken fantastisch." Provokant leckte sie sich
erneut ihre Finger.

„Julian, bitte", sagte er. „Ich glaube wir kennen uns
jetzt gut genug, um auf das Sie zu verzichten."

Wieder lachte sie auf.

„Okay. Wirklich, danke nochmal. Ich bin so geil, wie nie zuvor in meinem Leben. Ich laufe förmlich aus.... Julian", betonte sie seinen Namen.

Sie legte ihre Hand zwischen ihre Beine. Er hatte sich gerade seinen Gürtel wieder angezogen und stockte jetzt mitten in der Bewegung. Alina grinste.

„Keine Sorge, du darfst schon noch ran. Aber nicht jetzt, sonst fliegen wir noch auf." Sie gab ihm einen schnellen Kuss.

„Du hast recht", grinste er zurück.

Er war unwahrscheinlich gut gelaunt. Wehmütig sah er dabei zu wie sie ihre immer noch feucht glitzernden, prallen Titten wegpackte. Sie zog sich ihren Blazer drüber und knöpfte ihn wieder so zu, dass man nicht sah, dass sie keinen BH trug.

„So, jetzt muss ich gucken, dass ich schnell und unauffällig zur Toilette komme. Ich glaube ich muss mich noch ein bisschen herrichten."

Wieder schenkte sie ihm ihr glockenhelles Lachen. Er nickte zustimmend. Ihre Frisur war vollkommen durcheinander, ihr Gesicht war verschwitzt und gerötet. Zum Glück war ihr Lippenstift kaum verschmiert.

„Am besten gehen wir getrennt", fügte sie hinzu.

„Wenn ich so neben dir hergehe ist das doch sehr auffällig. Geh ruhig vor, dann kann ich mich noch was ordnen."

„In Ordnung." Er schloss die Tür auf. Im Türrahmen hielt er noch einmal inne.

„Wann...", setzte er an, aber Alina unterbrach ihn.

„Ich sag Bescheid, keine Sorge", zwinkerte sie ihm schelmisch zu. „Bald darfst du mich ficken."

Er nickte ergeben. Es machte ihn so wahnsinnig an, wenn sie so obszön und vulgär daherredete.

Dann drehte er sich um, schloss die Tür hinter sich und genau in diesem Moment erklang der Gong, der das Ende der großen Pause verkündete.

Mit leicht wackeligen Beinen machte er sich auf den Rückweg ins Lehrerzimmer.

Am Donnerstag fühlte Herr Hartmann sich immer noch wie in einer Seifenblase, seine Umwelt schien nur verschwommen, schemenhaft und undeutlich zu ihm vorzudringen. Der Gedanke an Alina war alles, was ihn beschäftigte.

Wie schon am Tag zuvor konnte er es kaum erwarten, in die Schule zu kommen. Noch vor einer Woche hatte er versucht, Alina aus dem Weg zu gehen, jetzt hielt er sogar Ausschau nach ihr. Seine Vernunft war vollkommen ausgeknipst. Alles war er wollte, war dieses blutjunge Mädchen.

Er wollte sie, wollte ihren Körper spüren, wollte ihre Brüste kneten und er wollte ihr in die Augen blicken. Er war süchtig nach diesem Blick, der so verlangend und sehnsüchtig gewesen war, so begierig auf ihn und seinen Schwanz. Da Alina ihm ununterbrochen im Kopf herum spukte, hatte er Mühe sein Teil im Zaum zu halten.

Ständig übermannte ihn seine Geilheit und er musste krampfhaft seinen Ständer verbergen. Sehr zu seinem Bedauern hatte er Alina heute nicht im Unterricht und als es zum Ende der zweiten großen Pause schellte, hatte er sie immer noch nicht gesehen. Ob sie heute wieder fehlte?

Er erwog den Gedanken ihr eine SMS zu schreiben, wusste aber nicht, wie privat sie mit ihrem Handy umging und hatte deshalb die unwahrscheinliche Angst, jemand könnte seine Nachricht lesen. Ständig versuchte er möglichst unauffällig sein Handy herauszuholen, und checkte WhatsApp. Aber sein

Smartphone blieb stumm und seine gute Laune und das aufgeregte Kribbeln in seinem Bauch verebbten mehr und mehr.

Schließlich war die sechste Stunde um und damit war er mit seinem Unterricht für heute durch. Er saß unruhig auf seinem Platz und wusste nicht, was er tun sollte. Er wollte sie sehen.

Gerade hatte er unwillig akzeptiert, dass er nach Hause fahren müsse ohne sie heute nochmal zu Gesicht zu bekommen, als sein Handy sich mit einem dumpfen Vibrieren aus seiner Tasche meldete. Hastig tastete er danach, sein Herz flimmerte und sofort waren das Bauchkribbeln und die gute Stimmung wieder da.

Er wurde nicht enttäuscht: „Alina", stand auf dem Bildschirm als er das Gerät herausholte. Er hatte ihre Nummer eingespeichert. Zuerst hatte er das für keine gute Idee gehalten, aber letztendlich hatte er sich dafür entschieden, weil eine unbekannte Nummer wesentlich auffälliger war, als eine eingespeicherte.

Auch hatte er sich gegen einen falschen Namen entschieden. Da seine Frau Alina nicht kannte, war dieser Name ebenso gut, wie jeder andere.

Er wischte über das Touchpad. Die Nachricht war so kurz, dass er sie nicht einmal zu öffnen brauchte, um sie komplett lesen zu können: „Sporthalle", hieß es nur.

Er ließ alles stehen und liegen und hastete los. Er fühlte sich als wäre er wieder ein Teenager. Dieses Mädchen machte ihn einfach fertig. Das Flimmern in seiner Magengegend verstärkte sich, während er den Lichthof überquerte und durch die Haupthalle eilte.

Er wandte sich bei den Toiletten nach links die Treppe zum Flur hinunter, von wo aus knapp ein Dutzend Türen in die Umkleiden grenzten, die dann weiter zur Sporthalle führten.

Dann hielt er inne. Verdammt, er hatte keinen Schlüssel. Nur die Sportlehrer besaßen eine erweiterte Version des Hauptschlüssels, mit der man die Umkleiden öffnen konnte. Aber dann sah er eine flüchtige Bewegung an einer der Türen. Er verfiel in einen leichten Trab.

Als er besagte Tür erreichte, stand sie einen Spalt breit offen. Sacht stieß er sie auf und trat ein. Alina stand mitten im Raum und schien angespannt, unruhig lief sie auf und ab.

„Da sind Sie ja endlich", sprach sie.

Als er sie sah, wurde sein Schwanz sofort bretthart. Sie trug eine Sporthose, die zwar aus etwas dickerem Stoff bestand als die meisten Leggins, aber mindestens genau so eng war. Sie reichte ihr bis über die Knie. Ihre Füße steckten in modernen Laufschuhen und Sportsocken und ihre Haare hatte sie zu einem einfachen Pferdeschwanz zusammengefasst.

Aber es war ihr Oberkörper, der ihm die Sprache verschlug. Sie hatte ein bauchfreies Sportoberteil an, das so eng war, dass man den Eindruck bekam es würde jeden Moment unter dem Druck ihrer Titten nachgeben und auseinanderreißen. Ihr flacher Bauch zeigte keinen Gramm Fett, sie schien sehr durchtrainiert, ohne dass ihre Muskeln sichtbar hervorstachen und damit negativ auffielen.

„Wir haben uns gerade aufgewärmt, ich habe gesagt mir wäre schwindelig und ich bräuchte eine kurze

Pause. Wir haben nicht viel Zeit", fuhr sie fort. „Ich brauche Sie...", raunte sie vielsagend und trat auf ihn zu.

Sie umschlang ihn mit ihren Armen und küsste ihn heftig. Er erwiderte ihren Kuss und legte ebenfalls seine Arme um sie. Er zog ihren zarten Körper an sich heran und strich behutsam über ihren Rücken, ihre Haut fühlte sich heiß an und wirkte unter seinen Fingerspitzen wie elektrisiert.

Sie bog ihren Körper durch und drängte sich ihm noch mehr entgegen. Er taumelte ein wenig zurück unter ihrem Ansturm. Immer noch küssten sie sich, ihre Lippen auf seinen, weich und wunderschön.

Er sog ihren Duft ein. Sie roch ganz leicht nach Schweiß, aber auf eine sehr betörende Weise, dazu eine leichte Note von Vanille, wahrscheinlich von ihrem Shampoo.

„Ich brauche Sie so dringend", japste sie. „Sie machen mich fertig! Ich kann an nichts anderes mehr denken, als an ihren Schwanz. Ich habe es mir bestimmt zwanzig Mal gemacht seitdem, aber es hilft einfach nichts, ich brauche Sie, so dringend."

Ihre Worte wurden durch einen neuerlich andauernden Kuss unterbrochen.

Als sie sich schließlich wieder lösten fragte er: „Hatten wir uns nicht auf das Du geeinigt?"

„Ja ich weiß", antwortete sie. „Aber ich habe mich doch dagegen entschieden. Ich find's einfach geiler, Sie zu sagen, das macht es... verbotener." Sie grinste überlegen.

Er musste ebenfalls lächeln. Wo sie recht hatte....
Dann küsste sie ihn erneut. Ihre Wangen waren schon
wieder ganz rot vor Hitze. Sie drängte ihn weiter
zurück, bis er mit den Kniekehlen gegen die niedrige
Bank stieß, die an allen Wänden die Umkleide
säumte.

Sie drückte mit ihren Handflächen gegen seine Brust
und bedeutete ihm so, sich hinzusetzen. Er griff nach
ihren großen Brüsten und knetete sie durch, er genoss
das wunderbare Gefühl dieser jugendlichen Titten in
seinen Händen.

„Alina", stöhnte er, „ich..."

„Schhhht!", machte sie und legte ihm ihren Zeigefinger
auf die Lippen. Er mochte es, wenn sie diese
klischeehaften Dinge tat. Hätte er es in einem Film
gesehen oder in einem Buch gelesen, hätte er diese
Geste vielleicht lächerlich gefunden, aber die Art, wie
Alina mit ihren Reizen spielte und scheinbar sehr
bewusst diese Elemente streute, turnte ihn jedes Mal
an.

„Sie dürfen jetzt keine Fragen stellen", raunte sie, „ich
brauche Sie und Sie müssen tun was ich verlange."

Als würde sie momentan nicht absolut alles von ihm
einfordern können, dachte er bei sich. Er war ihr
vollkommen ausgeliefert. Ihr Gesicht war ganz nah vor
seinem, ihr wunderschönes, zartes Gesicht. Die Lippen
leicht geöffnet schenkte sie ihm schon wieder diesen
geilen, sehnsüchtigen Blick.

„Die ganze Zeit bin ich so feucht und geil. Bitte, Sie
müssen es mir machen, es bringt einfach nichts, wenn
ich es selbst tue."

Er nickte nur und schluckte schwer.

„Lecken Sie mir meine Muschi", sagte sie dann.
„Lecken Sie mich, fingern Sie mich, besorgen Sie es
mir. Ich brauche es, bitte..."

Sie sprach ganz leise direkt in sein Ohr und ihre
Stimme hatte einen jammernden Tonfall. Er keuchte
geil auf. Er war noch nie so scharf gewesen. Er hätte
nicht gedacht, dass Alina es schaffte ihren Blowjob
vom Vortag so einfach zu toppen, aber sein Schwanz
schmerzte buchstäblich, so drängend drückte er von
innen gegen den Stoff seiner Jeans.

Ohne weitere Umschweife wischte er mit einer
Armbewegung die Sporttaschen und Umziehsachen
neben ihm von der Bank. Alles was jetzt zählte, war,
dass er die Muschi von diesem geilen Stück zu sehen
bekam. Sie stand auf.

Kurz stockte sie in ihrer Bewegung, dann begann sie
umso hastiger, sich ihre Sportshorts mitsamt ihrem
Höschen herunter zu ziehen. Mit glasigem Blick folgte
er ihren Bewegungen. Sie verlor keine weitere Zeit und
ließ die Hose zu Boden gleiten, trat an ihm vorbei und
setzte sich auf die Bank.

Er erhob sich nun und machte ihr Platz. Ein letzter,
absichernder Blick aus ihren wunderhübschen Augen.
Langsam, fast schon provokant rutschte sie auf der
Bank nach vorne, bis sie fast schon darauf lag. Ihre
Schultern lehnten an der Wand. Dann, endlich.

Alina hob ihre Beine an und spreizte sie. Mit den
Händen fasste sie ihre Kniekehlen und zog ihre
Schenkel ganz weit auseinander und gleichzeitig nach
hinten. Ihre Knie waren jetzt neben ihrem Kopf. Und
da lag sie vor ihm, ihre blanke Muschi. Sie war

glattrasiert und Alina hatte nicht gelogen. Sie war wahnsinnig feucht.

Es glänzte und schimmerte zwischen ihren Beinen und ihre Säfte tropften bereits über ihre entblößten Arschbacken. Sie lief förmlich aus. Ihre Muschi war wunderschön. Ihre Schamlippen waren vor Geilheit geschwollen und ganz leicht geöffnet.

Wieder einmal hatte Herr Hartmann einen Kloß im Hals und musste schlucken. Obwohl er wusste, dass jeden Augenblick jemand hereinkommen konnte, um nach Alina zu sehen, konnte er nicht anders, als den Anblick zu genießen. Er stand einfach da und genoss es, auf die entblößte Fotze eines Mädchens zu starren, das ihn durch und durch wollte.

Sie nahm seine Blicke wahr und schien zu versuchen, ihre Beine noch weiter zu spreizen, sich ihm noch stärker anzubieten. Wieder fing sie an, ihn mit ihren Worten aufzugeilen.

„Gefällt Ihnen, was Sie sehen? Gefällt ihnen meine Fotze? Mögen Sie es, mich anzustarren, mir auf meine nasse Muschi zu gucken? Ich bin so geil, sehen Sie es?"

Sie spreizte mit den Fingern ihre Schamlippen und präsentierte ihm das weiche Innere ihres Unterleibs.

„Los schon, lecken Sie mich Herr Hartmann. Ich brauche es so unfassbar dringend, legen Sie mich trocken, ich laufe aus!"

„Wie dringend?", wollte er wissen.

Er knetete seinen harten Schwanz durch seine Jeans. Er liebte es, sie so sprechen zu hören.

„So, so dringend!", wimmerte Alina, „So dringend wie nie zuvor! Ich will, dass Sie mir meine arme, feuchte Muschi auslecken, ich will, dass mein Lehrer mir meine Muschi ausleckt! Ich will Sie, und ich will es jetzt!"

Immer noch zögerte er, sah sie weiter an.

„Bitteee", bettelte Alina, „ich will Ihr Gesicht zwischen meinen Beinen, ich will, dass Sie mich lecken, ich will es, hier will ich es!"

Sie spreizte ihre Schenkel noch etwas weiter. Wie sie sich vor ihm entblößte, förmlich erniedrigte. Geil. Er gab nach. Er machte die zwei nötigen Schritte um zu ihr zu gelangen und sank auf die Knie. Sofort griff Alina nach seinem Kopf und verkrallte sich in seinen Haaren. Sie versuchte sein Gesicht sofort zwischen ihre Beine zu ziehen, aber er spannte seine Nackenmuskulatur an und stemmte sich dagegen. Ganz so einfach würde er ihr es dann doch nicht machen.

Zuerst widmete er sich den Innenseiten ihrer Schenkel. Er fing unter ihren Kniekehlen an, küsste ihre warme, leicht verschwitzte Haut. Er setzte seine Lippen nur ganz leicht auf, gerade so, dass Alina es spürte. Sie wimmerte und ächzte sehnsuchtsvoll und eine Gänsehaut überzog ihre Beine. Immer wieder wollte sie ihn näher zum Zentrum ihrer Lust drängen, aber er ließ sich nicht beirren.

Er stoppte seine zärtlichen Berührungen einen Finger breit vor ihren Schamlippen. Alina reckte ihm ihr Becken entgegen, aber er hob den Kopf leicht an und bewegte ihn zu ihrem anderen Schenkel, nicht ohne dabei sehr bewusst auszuatmen. Alina kiekste kurz auf als sein Atem ihre Muschi streifte. Er unterzog ihren linken Oberschenkel der gleichen Behandlung, erst dann wanderte er langsam immer näher zu ihrer Muschi. Er biss sacht in ihre Leiste, küsste sie neben ihre feuchte Spalte.

„Bitte", wimmerte sie mit kehliger Stimme, „nun machen Sie es schon, Sie Schuft, lecken sie mir meine Mumu, ich kann nicht mehr, bitte..."

Wieder verkrallte sie sich in seinen Haaren und dieses Mal arbeitete er nicht gegen sie an. Sie zog sein Gesicht zu sich heran und presste ihn zwischen ihre Schenkel. Ein erleichtertes, inniges Stöhnen entfuhr ihr.

Er begann sofort es ihr zu machen. Seine Zunge fuhr durch ihre nasse Spalte, von unten nach oben, immer wieder und wieder.

Er leckte ihre Muschi aus und schmeckte ihre süßen, geilen Säfte. Sie war wirklich unfassbar feucht, so etwas hatte er noch nie erlebt. Er leckte ihren Kitzler und ihre Feuchtigkeit spritzte förmlich umher. Sie jammerte und wimmerte und die ganze Zeit über drückte sie ihn noch fester gegen ihren Unterleib und sah ihn über ihren Venushügel hinweg an.

Ihre Augenbrauen waren hochgebogen, ihre Wangen glühten, ihre Haare fielen ihr locker ins Gesicht und sie sah so willenlos aus, wie Herr Hartmann sich gestern gefühlt hatte, als sie ihm seinen Schwanz geblasen hatte.

Er spreizte nun ebenfalls ihre Schamlippen und erhöhte mit seiner Zunge den Druck auf ihren Kitzler. Alina schrie spitz auf und schlug sich erschrocken die linke Hand vor den Mund.

Herr Hartmann hörte nicht auf sie zu bearbeiten, lauschte aber, ob ihre Reaktion jemanden auf sie aufmerksam gemacht hatte. Wenn jemand jetzt hereinkam, würde seine Karriere ein für alle Mal beendet sein und vielleicht würde er ins Gefängnis wandern. Wer konnte schon wissen, was Alina aussagen würde, wenn man sie in dieser Situation überraschte?

Er hockte mit dem Gesicht zwischen den gespreizten Beinen einer Teenagerin. Sein Leben wäre vorbei. Aber es war ihm egal, Alinas Muschi war alles was in diesem Moment zählte. Scheinbar hatten sie Glück gehabt, niemand unterbrach sie.

Mit starkem Druck leckte er ihren Kitzler. Der Geruch ihrer Geilheit steigerte seine eigene Lust ins Unermessliche.

Sein Schwanz pochte und pulsierte und verlangte, in dieses gierige Stück Fleisch stoßen zu dürfen. Aber seine Vernunft reichte gerade noch aus, um ihn davon abzuhalten. Zwar würde ein Fick es auch schwieriger machen, bei einer nahenden Störung zu reagieren, aber vor allem wollte er sich das erste Mal mit Alina aufheben. Er wollte sich richtig Zeit für sie nehmen.

Dass es dazu kommen würde, daran zweifelte er mittlerweile nicht mehr. Immer noch presste Alina ihre linke Hand vor ihren Mund, während sie mit der rechten weiter ihre Kniekehle hielt, beide Beine waren nach wie vor gespreizt.

Seine Hände hatte er unten an die Innenseite ihrer Schenkel gelegt und ihre Beine so zusätzlich hochgedrückt. Jetzt löste er ebenfalls seine linke Hand. Langsam und behutsam führte er seine Finger an Alinas nasses Loch. Ein dumpfes Aufjammern erklang, als sie spürte, wie seine Finger ansetzten.

„Jaah, bitte", flüsterte sie matt, „fingern Sie mich, geben Sie's mir...!"

Sie schien völlig am Ende. Er verstärkte seine Bemühungen, ließ seine Zungenspitze kreisen, leckte ihr abwechselnd durch ihre gesamte nasse Spalte und über ihren Kitzler. Er teilte ihre Schamlippen, die mittlerweile nicht mehr nur von ihrer Feuchtigkeit, sondern auch von seiner Spucke benetzt waren.

Dann trieb er ihr sofort zwei Finger rein, Mittel- und Zeigefinger, so tief es ging. Wieder konnte Alina einen spitzen Aufschrei nicht unterdrücken und ließ ein mühsames, anhaltendes Stöhnen folgen.

Er fingerte sie heftig und hart, er hielt sich nicht damit auf seine Finger wirklich in sie hinein und wieder herausgleiten zu lassen. Stattdessen trieb er sie ihr bis zum Anschlag in den Unterleib und variierte in schnellem Tempo nur den Druck, den er ausübte. Ein feuchtes Schmatzen erfüllte den Raum.

Sie war so feucht, dass ihre Säfte mit jeder seiner Bewegungen in kleinen Spritzern aus ihr herausschossen und auf dem Kachelboden der Umkleide landeten. Er war selbst unglaublich geil und legte noch einen Zahn zu. Dabei ließ er seine Finger rotieren und presste sie von innen gegen ihr Schambein.

Als er über eine bestimmte Stelle fuhr zuckte Alina merklich zusammen. Sofort tastete er wieder nach der Stelle und erhöhte den Druck weiter. Ihre Schenkel begannen unkontrolliert zu zittern, erst leicht, dann immer stärker. Ihre Feuchtigkeit rann ihm über die

Hand, bis über den ganzen Unterarm, während er sie mit seinen Fingern zum Höhepunkt fickte.

Dabei leckte er weiter ihren Kitzler, ließ seine Zunge tanzen, in kreisenden, rotierenden Bewegungen erhöhte er den Druck, verringerte ihn wieder und trieb Alina vor sich her.

Das Zittern ihrer Beine war mittlerweile auf ihren gesamten Körper übergegangen. Seinen Kopf hatte sie losgelassen und presste sich jetzt mit beiden Händen ein zufällig ertastetes T-Shirt vor den Mund.

Trotzdem konnte Herr Hartmann deutlich vernehmen, dass ihr Stöhnen in eine höhere Tonlage gewechselt war und scheinbar auch lauter wurde. Er setzte zu einem letzten Sprint an, dann kam Alina. Wie eine gewaltige Welle überrollte es sie. Das Zittern setzte kurz aus, ein tiefes Einatmen, dann zuckte ihr ganzer Körper krampfhaft. Sie stöhnte und wand sich unter seiner Behandlung, denn er hatte nicht aufgehört, sondern im Gegenteil sogar einen dritten Finger in ihr gieriges Loch geschoben. Wieder und wieder durchlief es sie, vier Mal, fünf Mal und in unregelmäßigen Abständen schickte ihre Muschi ihm schubweise Alinas geile Säfte entgegen, es schwappte und spritzte förmlich aus ihr heraus.

Ihr Körper beruhigte sich nur langsam, während ihr gedämpftes Seufzen durch das Shirt zu ihm drang. Auch Herr Hartmann ließ seine Bemühungen nur allmählich abebben.

Dann ließ Alina erschöpft ihre Beine nach unten sinken. Er betrachtete zufrieden ihre feuchte, heiße Muschi, die direkt vor ihm lag, küsste sie sanft auf ihre Schamlippen. Langsam ließ sie ihre Arme sinken und legte sie neben ihren Körper.

„Oh Gott", japste sie.

„So gut?", konnte er sich grinsender Weise das Kommentar nicht verkneifen.

Sie kicherte leise. „Ja. So gut! Wie haben Sie nur direkt meinen G-Punkt gefunden? Nicht mal ich wusste so genau, wo der ist!"

Er zuckte mit den Schultern und lächelte nur.

„Jetzt muss ich mich aber sputen. Ich war schon viel zu lange weg, bestimmt kommt gleich Leonie oder Marie und sucht nach mir."

Er nahm an, dass es sich dabei um befreundete Mädchen aus ihrem Sportkurs handelte.

„Klar", erwiderte er.

Sie erhoben sich beide. Ein paar Sekunden lang entstand eine unangenehme Stille und sie standen etwas unschlüssig voreinander. Dann löste Alina die Spannung einmal mehr mit ihrem ansteckenden Lachen.

„Danke!", strahlte sie und gab ihm einen flüchtigen Kuss auf die Wange. „Das hatte ich so nötig! Ich hoffe, das reicht um mir durch den restlichen Sportunterricht zu helfen."

„Ich hoffe auch." Herr Hartmann fiel auf, dass Alina ausnahmslos ihre Unterhaltungen führte.

Irgendwie wusste er nie so recht, was er sagen sollte, aber sie schien sehr ungehemmt mit der Situation umzugehen.

Im Unterricht und auch sonst im Umgang mit seinen Mitmenschen hielt Herr Hartmann sich eigentlich für sehr schlagfertig. Aber irgendwie schien sein Verhältnis mit Alina ihn diesbezüglich zu überfordern.

Wie sie da vor ihm stand, nur mit ihrem kurzen, hautengen Sportoberteil und den Sportschuhen und Socken an den Füßen, irgendwie gefiel ihm dieser Aufzug.

Mit einem Mal wurde ihm schmerzlich bewusst, dass er Alina zwar Erleichterung hatte verschaffen können, er selbst aber zumindest rein körperlich noch gänzlich unbefriedigt war. Er knetete unglücklich seinen nach wie vor brettharten Schwanz. Alina schien die Geste zu bemerken und grinste schief.

„Jetzt wissen Sie, wie ich mich gestern gefühlt habe. Hier", sagte sie.

Gerade hatte sie in ihr Höschen steigen wollen, nachdem sie sich am Waschbecken grob gesäubert hatte. Stattdessen reichte sie es ihm jetzt und stieg so in ihre Sporthosen.

Diese geile Sau, dachte er sich. Sie schien wirklich gar keine Hemmungen zu haben. Er nahm das Höschen entgegen.

„Ich gehe jetzt zurück in die Halle", begann Alina zu erklären.

„Ich möchte, dass Sie sich einen runterholen, wenn ich weg bin. Und wenn Sie kommen, will ich, dass Sie Ihr ganzes, schönes Sperma mit meinem Höschen auffangen. Tränken Sie es richtig schön in ihrem geilen Zeug. Ich will es mir nachher anziehen."

Und schon wieder war er sprachlos und fassungslos ob seines Glücks über diesen notgeilen heißen Feger, der hier vor ihm stand.

Er beschränkte sich auf ein bestätigendes Nicken.

Alina kicherte.

„Sie sind süß. Immer so überrascht, irgendwie, und so zurückhaltend. Dabei hat mir es noch nie jemand so gut besorgt."

„Das freut mich, wirklich", antwortete er.

Sie trat an ihn heran und küsste ihn, lang und innig.

„Sie schmecken nach meiner Muschi", sagte sie als sie sich schließlich lösten. Sie schien erfreut zu sein.

„Das ist meine Tasche", sagte sie mit einem abschließenden Tonfall, deutete auf einen roten Sportrucksack und warf einen vielsagenden Blick auf ihr Höschen in seinen Händen.

Dann drehte sie sich um und verschwand. Einmal mehr blickte Herr Hartmann sehnsüchtig ihrem Knackarsch hinterher. Sein pochender Schwanz meldete sich zurück und er blickte auf das Höschen in seiner Hand. Es war weiß, zum Glück. Da würde man die Flecken wohl nicht so sehr sehen.

Der Gedanke, dass Alina sein halb getrocknetes Sperma direkt auf ihrer Haut tragen würde machte ihn noch geiler. Er setzte sich auf die Bank, an die gleiche Stelle an der eben noch Alina ihre Beine für ihn breit gemacht hatte.

Sein Schwanz war immer noch hart, schmerzte aber nicht mehr vor lauter unterdrückter Geilheit.

An die Wand gelehnt folgte er bereitwillig Alinas Aufforderung. Schon nach weniger als einer Minute kam er und verteilte unter gepresstem Stöhnen sein Zeug in ihrem Höschen. Es war viel zu klein um alles aufzufangen. Sofort sog es sich voll und gut die Hälfte seines Zeugs tropfte auf den beigen Kachelboden.

Nachdem er gekommen war, wartete er ein paar Sekunden mit geschlossenen Augen, bis sich das leichte Schwindelgefühl legte.

Sein Kopf wurde wieder etwas klarer. Mit einem Mal hatte er es sehr eilig, die Umkleide zu verlassen. Jetzt wo seine Lust erst einmal verpufft war, übernahmen wieder die Angst entdeckt zu werden und das schlechte Gewissen die Kontrolle.

Es war das erste Mal, dass er sich seiner Frau gegenüber wirklich schuldig fühlte.

Als er Alina an die Brüste gefasst hatte, gut, das war einfach eine recht oberflächliche Handlung gewesen. Und auch als sie ihn um den Verstand geblasen hatte, war sie diejenige gewesen, die auf ihn zugegangen war. Er selbst hatte nicht gehandelt und sah es deshalb, wenn man wirklich sehr großzügig war, nicht als Betrug seiner Ehefrau gegenüber an.

Aber gerade eben hatte er einer gierigen heißen Zwölftklässlerin die Muschi ausgeleckt. Trotz seines schlechten Gewissens wusste er, dass er es wieder tun und auch noch weiter gehen würde. Nachdem er sich mit diesem Gedanken auseinandergesetzt hatte, ging es ihm besser damit. Er nahm es hin. So war es nun einmal, Alina war geil, sie wollte ihn und er wollte sie.

Während er zum Lehrerzimmer zurück schlenderte um sich auf den Heimweg zu machen, sah er schon wieder auf sein Handy. Die nächste Nachricht von Alina konnte gar nicht schnell genug kommen.

Gegen vier Uhr vibrierte sein Handy. Er saß gerade in seinem Arbeitszimmer am Schreibtisch und ging am Laptop den Unterricht für die nächste Woche durch.

Sofort unterbrach er seine Arbeit, als er das verheißungsvolle Geräusch vernahm. In der Tat hatte Alina ihm geschrieben.

„Ich sitze gerade ihm Bus und habe mein nasses Höschen an, ich bin schon wieder ganz zittrig vor lauter Geilheit. Es ist so geil, Ihr Sperma an meiner Muschi zu spüren! Wann können wir uns treffen? Ich will so dringend, dass Sie mich ficken."

Er überlegte fieberhaft. Er wollte sie auch, aber wo? Bei ihr war wohl keine gute Idee, vielleicht in einem Hotel? Aber was würde er seiner Frau sagen?

Er fasste einen Entschluss und verfasste eine Nachricht an seine Frau, von der er hoffte, dass sie unauffällig genug klang, um nicht ihren Verdacht zu erregen.

„Hey Schatz, bist du dieses Wochenende hier? Ich fände es schön, wieder mal was zu unternehmen! Wann kommst du heute und morgen nach Hause? Ich liebe dich."

Er hoffte, dass die Frage nach dem gemeinsamen Wochenende die abschließende Frage kaschieren würde. Freitags kam seine Frau manchmal früher von der Arbeit. Manchmal aber auch nicht. Wenn er Glück hatte, würde es für ihn und Alina schon morgen so weit sein.

Es dauerte eine Weile, bis er eine Antwort bekam. Fast eine Stunde musste er sich beherrschen, Alina nicht direkt zurück zu schreiben. Er glaubte es könne nicht schaden, wenn sie nicht zu sehr den Eindruck bekam, er würde sich nur noch für sie und ihren Körper interessieren.

Als sein Smartphone schließlich aufleuchtete und er die WhatsApp-Nachricht seiner besseren Hälfte las, konnte er sein Glück kaum fassen.

„Hey Schatz! Das ist ja süß, leider hatten wir gerade ein Meeting das nicht so gut lief. Kunden aus Italien, sind unzufrieden mit ein paar Lieferungen. Ich werde wohl bis Sonntagabend in Mailand sein und ein paar Dinge überwachen müssen. Ich nehme morgen Abend den Flieger. Wir holen das nach ja? Ich erklär dir das heut Abend genauer! Ich liebe dich auch!"

Noch bevor er ihr zurückschrieb, öffnete er seinen Dialog mit Alina.

„Das Wochenende über ist meine Frau weg. Von Freitagabend bis Sonntagabend."

Keine zehn Sekunden später kam ihre Antwort.

„Geil. Schreiben Sie mir, um wieviel Uhr ich kommen kann, sobald Sie es wissen. Ich kann's kaum erwarten..."

Still pflichtete er ihr bei, schickte aber wiederum keine Antwort ab.

Seine Frau kam zur gewohnten Zeit nach Hause, wirkte aber gestresst. Das war selten bei ihr. Obwohl sie noch recht jung war, hatte sie eine außerordentliche Disziplin, nicht umsonst saß sie mit knapp über dreißig im Vorstand einer großen Firma.

Herr Hartmann half ihr aus ihrer Jacke. Sie setzten sich raus in die Sonne und sie erklärte ihm die genaueren Umstände ihres spontanen Auftrags in Mailand.

Sie wirkte wirklich sehr gestresst. Er half ihr so gut er konnte, massierte sie und bot ihr an, sie persönlich zum Flughafen zu bringen. Für gewöhnlich nahm sie ein Taxi, da der Flughafen eine gute Stunde entfernt war und sie ihm die Fahrt ersparen wollte. Andererseits versuchte er immer ihr so gut es ging unter die Arme zu greifen, ihr Job war deutlich anstrengender als seiner.

Zwar würde das das ersehnte Wochenende mit Alina nach hinten schieben, aber er wollte auch unter keinen Umständen ihren Verdacht erregen.

Vielleicht tat er es auch nur, um sein schlechtes Gewissen zu beruhigen.

„Bis morgen in der Doppelstunde.", schrieb Alina zurück nachdem er sie später am Abend informiert hatte.

Das hatte er ganz vergessen. Morgen würde er sie 90 Minuten lang sehen, ohne sich auch nur in der kleinsten Art und Weise zu verraten. Über ein Dutzend Augenpaare würden fast permanent auf ihn geheftet sein. Das könnte heikel werden. Aber er vertraute darauf, dass Alina dasselbe Pokerface wahrte, das sie auch bisher im Unterricht gezeigt hatte.

Sein Verlangen nach ihr wurde immer stärker. Die ganze Situation machte ihn so an. Eine Schülerin aus seiner Schule, eine Schülerin der zwölften Klasse, hatte ihm einen geblasen, hatte ihn angebettelt ihr die Muschi auszulecken und er hatte es getan, er hatte sie geleckt und er hatte sich von ihr bereitwillig seinen Schwanz verwöhnen lassen. Er betrog seine Frau mit einer 18-jährigen.

Irgendwie musste er sich das immer wieder klar machen, so sehr spornte es ihn an. Der Gedanke, seine Frau zu hintergehen war mittlerweile keine wirkliche Hemmschwelle mehr, sondern reizte ihn nur noch mehr. Er wollte es auf die Spitze treiben.

Er tippte auf dem Touchpad herum und verfasste eine letzte Nachricht für Alina:

„Ich will, dass du dich morgen für mich so geil wie möglich anziehst! Bitte zieh wieder die Leggins an, und ein enges Top, ich will, dass deine Brüste aus deinem Dekolleté quellen!"

Wieder kam ihre Antwort nur wenige Sekunden, nachdem er den kurzen Text abgeschickt hatte.

„Wenn Sie die Schlampe in mir wollen, dann mache ich das gerne! Bis morgen!", beendete sie ihre Unterhaltung.

Am nächsten Morgen wachte Herr Hartmann viel zu früh auf. Die gesamte Nacht über hatte er nicht richtig schlafen können, immer wieder war er aufgewacht und hatte auf die Uhr gesehen.

Der nächste Tag konnte gar nicht schnell genug anbrechen. Um sechs Uhr stand er schließlich auf, kurz nach seiner Frau. Meistens reichte es ihm, um sieben Uhr aufzustehen, morgens brauchte er nie besonders lange. Und gerade freitags konnte er sich eigentlich Zeit lassen. Er hatte die ersten beiden Stunden keinen Unterricht. Er behauptete seiner Frau gegenüber, er sei am Vortag noch nicht mit der

Unterrichtsplanung durchgekommen und wolle das jetzt nachholen.

Gegen acht verließ sie das Haus und verabschiedete sich mit einem liebevollen Kuss, den Herr Hartmann nur mit Mühe lange genug erwidern konnte.

Irgendwie empfand er gegenüber seiner Frau eine seltsame Unruhe seit einigen Tagen. Es war nicht so, dass er ein schlechtes Gewissen hätte, er konnte es selbst nicht genau begründen.

Er verbrachte die überschüssige Zeit dann tatsächlich damit, seinen Unterricht für die folgende Woche vorzubereiten, war aber wie so oft nicht wirklich konzentriert.

Seine Gedanken schweiften immer wieder zu Alina und zu dem gemeinsamen Wochenende, das heute Abend beginnen würde. Ständig blickte er auf die Uhr, alle paar Minuten kontrollierte er sie.

Das schien die Zeit nur noch langsamer fließen zu lassen. Als es endlich neun Uhr war, packte er seine Tasche und machte sich auf den Weg.

Er ließ die Fenster seines Wagens herunter und drehte die Musik besonders laut auf. Der frische Fahrtwind tat ihm gut und er lehnte sich entspannt zurück.

Den Weg zur Schule hatte er immer gemocht. Es war nicht weit, gerade einmal etwas mehr als fünfzehn Minuten mit dem Auto und ohne, dass er sich über volle Autobahnen hätte quetschen müssen.

Weite Teile der Strecken verliefen außerdem durch den Wald, was die Fahrten speziell im Sommer angenehm machte.

Das saftige Grün der Bäume war auf eine Art motivierend und sorgte bei ihm immer dafür, dass eine unbegründete Euphorie in ihm emporstieg. Heute war dieses Phänomen besonders stark.

Er freute sich auf den Abend, wenn er seine Frau zum Flughafen begleitet hatte und das Wochenende mit Alina beginnen konnte.

Die schon seit Wochen praktisch ununterbrochen scheinende Mittsommersonne ließ sich auch heute nicht bitten und knallte bereits zu diesen frühen Stunden heiß auf die Straße.

Auf dem Lehrerparkplatz stieg er aus seinem Impala und klemmte sich die Tasche unter den Arm und schlenderte Richtung Schulgebäude.

Als er den Schuleingang schließlich erreichte, hatte er in seinem Hemd bereits zu schwitzen begonnen. Umso angenehmer war es, die klimatisierte Kühle der Schule zu betreten.

Der Lärm der ersten großen Pause, die immer um zwanzig nach zehn begann, hallte ihm bereits entgegen.

Auf dem Flur begegnete er einigen Kollegen, denen er freundlich zunickte, und in alter Routine ließ er seinen Schlüssel am Schlüsselring um seinen Zeigefinger kreisen. Er konnte sich gerade noch davon abhalten, gut gelaunt zu pfeifen.

Das Lehrerzimmer war brechend voll und während der Pausen immer mindestens genau so chaotisch, wie der Schulhof. Kollegen liefen umher, unterhielten sich eng am Fenster zusammengedrängt oder auch über den gesamten Raum hinweg, planten noch schnell

Einzelheiten für die dritte Stunde oder kippten sich einfach gestresst einen Kaffee runter.

Herr Hartmann drängte sich durch die Menge auf seinen Platz zu. Er stellte seine Tasche ab und begrüßte Frank.

„Hallo Kollege", gab dieser zurück. „Geiles Wetter, oder? Hab schon wieder gar keinen Bock auf meinen langen Tag heute. Zum Glück ist morgen Wochenende! Schon was vor?"

„Ja, wirklich gut! Habe schon überlegt, mit der 8 heute ein Eis essen zu gehen. Das Wochenende lass' ich aber ruhig angehen, meine Frau fliegt heute Abend nach Mailand, deshalb werde ich wohl nix größeres unternehmen."

„Du Glückspilz. Meine Frau will am Sonntag unbedingt ihre Mutter besuchen... Aber hey, vielleicht schaffe ich es ja mich für morgen von ihr los zu eisen? Du hast doch Sky, wir könnten den Samstag gut bei dir im Garten mit ein paar Bier verbringen, den Fernseher rausstellen..."

Herr Hartmann wurde mit einem Mal ein wenig nervös, damit hatte er nicht gerechnet.

Er hätte die Abwesenheit seiner Frau für sich behalten sollen. Frank und er hatten sich lange nicht gesehen, es könnte schwierig werden ihm eine überzeugende Abfuhr zu verpassen. Glücklicherweise rettete ihn Julie.

„Julian? Julian, hey, könntest du...", rief sie ihm aus einiger Entfernung über den Pulk entgegen.

Dankbar wirbelte Herr Hartmann herum: „Ja, was gibt's?"

Er drückte sich an zwei diskutierenden Kollegen vorbei und war froh, Frank seine Antwort zunächst schuldig zu bleiben.

So hatte er etwas Zeit, sich eine überzeugende Ausrede einfallen zu lassen, damit sein Wochenende mit Alina nicht platzte.

„Hey, hallo... erstmal. Tut mir leid, dass ich dich direkt stören muss, aber es geht um Alina...“

Herr Hartmann schluckte. Julie hatte einen bedeutungsvollen Tonfall angeschlagen.

Wusste sie etwas? Oder ahnte sie etwas?

Was sollte er tun, wenn sie ihn konfrontierte? Sich rausreden, alles leugnen? Er begann zu schwitzen.

„Ja, äh... was... was ist denn los?“

„Also du hattest ja vor eineinhalb Wochen mal mit ihr geredet.“

„Ja, stimmt. Wieso?"

Seine Handflächen wurden feucht, sein Herz hämmerte in seiner Brust. Der überfüllte Raum kam ihm mit einem Mal wahnsinnig stickig vor.

„Ja, also, sie hat ja scheinbar wirklich auf dich gehört. Hat sich besser angezogen danach, VIEL besser! Aber ich bin ihr eben im Lichthof über den Weg gelaufen und ich glaube, du musst sie dir nochmal zur Brust nehmen, also wirklich. Das stellt..., stellt ALLES in den Schatten! Ich verstehe nicht wie ihre Eltern sie so draußen rumlaufen lassen können, das ist abartig, wirklich. Bitte, sprich nochmal mit ihr.“

Er atmete erleichtert auf, sein Herzschlag sank umgehend wieder auf die normale Frequenz.

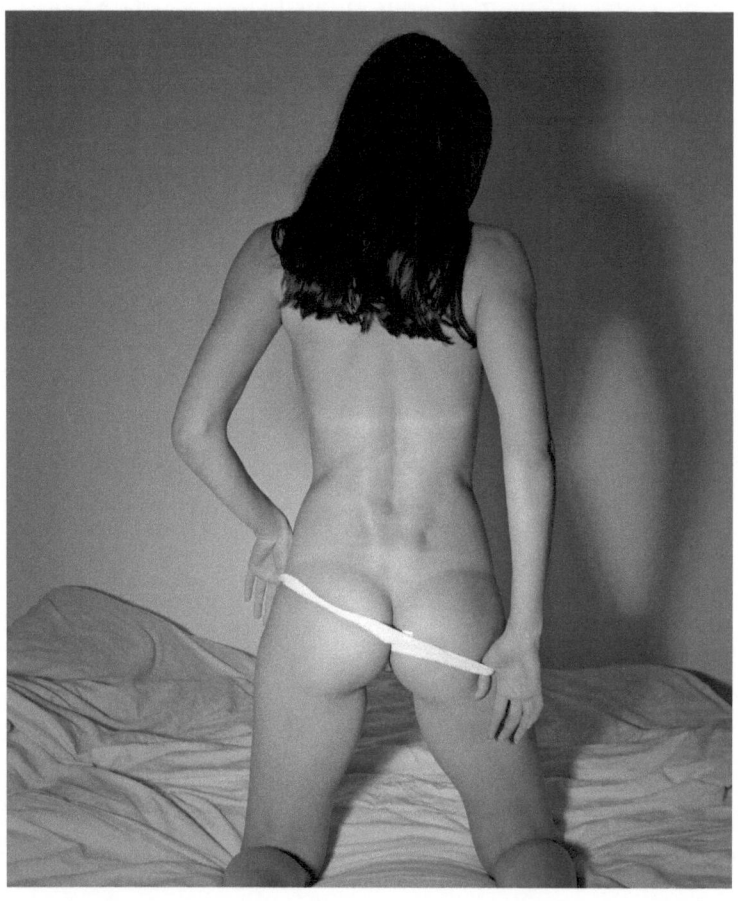

Gleichzeitig breitete sich das aufgeregte Kribbeln in seinem Unterleib aus, an dem er seit seinem ersten Gespräch mit Alina fast schon chronisch litt.

„Klar, kein Problem! Ist es denn wirklich so schlimm?", wollte er wissen.

„Sieh es dir selbst an, ich habe sie mir gegriffen und in die Lehrerbibliothek geschickt. Christian ist da gerade und passt auf, dass sie nicht wieder verschwindet."

„Okay, alles klar, ich geh sofort hin."

„Danke", erwiderte sie, und sah wirklich so aus, als würde sie sich über seine Hilfsbereitschaft freuen.

„Ich hab' einfach das Gefühl, dass sie bei mir immer vollkommen dicht macht und das Gespräch mit dir schien sie sich zu Herzen genommen zu haben, deshalb..."

„Jaja, kein Problem", winkte er ab und stiefelte los.

Die Lehrerbibliothek war im Keller und hatte den Namen „Bibliothek" eigentlich nicht wirklich verdient.

Es war eher ein Lagerraum für alle alten und aussortierten Schulbücher, die man immer nochmal gebrauchen kann, wie Herr Becker, der Schulleiter es ausdrückte.

Als Herr Hartmann sich jetzt auf den Weg machte, wurden seine Handflächen doch wieder feucht und er musste sein halbsteifes Teil in der Hose verbergen, während er durch den Lichthof eilte. Er konnte es gar nicht erwarten, Alina zu sehen. Die Entrüstung von Julie war verheißungsvoll gewesen.

Er betrat das Haupttreppenhaus, wandte sich aber nicht nach links, wo die Treppen in die oberen Stockwerke führten, sondern nach rechts in den Keller. Der Lärm der Pause blieb hinter ihm zurück und das Untergeschoss war nochmal eine Spur kühler, als es der Rest des Gebäudes war.

Er schritt den Flur entlang, der sich an die Treppe anschloss. Einige alte und zum größten Teil kaputte Schränke standen hier herum, außerdem waren überschüssige Tische und Stühle an den Wänden gestapelt. Am Ende des Flurs sah er aber schon die rote Tür zur Bibliothek, die offenstand.

Er trat ein und begrüßte Christian, der direkt neben der Tür am Computer saß: „Hey Chris, wie geht's?"

Er gab ihm die Hand.

„Ach ganz gut so weit. Bin gerade fertig. Hier...", er nickte mit dem Kopf in den hinteren Teil der Bibliothek.

„Sie sitzt da hinten. Wirklich unglaublich. Ich gehe jetzt, dann kannst du ihr in Ruhe den Kopf waschen..."

„Alles klar, danke Chris. Wir sehen uns nachher!"

Sein Kollege nickte und verließ den Raum. Herr Hartmann blieb noch einen Moment stehen. Es war ganz still. Nur die Schritte von Christian verhallten langsam. Herr Hartmann wandte sich um und ging an den paar Regalreihen vorbei, die über und über mit alten, zerfledderten Büchern vollgestopft waren.

Im hinteren Teil des Zimmers stand ein weiterer Tisch. Alina lehnte an der Tischkante, als er das letzte Regal umrundete. Sie strahlte als sie ihn sah. Und ihm wurde heiß, obwohl es wirklich fast schon zu kühl hier unten war.

Alina hatte wirklich alle Register gezogen. Trotz des schummrigen Lichtes, das die flackernden Neonröhren durch die hohen Regale nur unregelmäßig im Raum verteilen konnten, sah sie unfassbar geil aus.

Nun, Julie hätte es wahrscheinlich als ungehörig und nuttig angesehen. Und ohne es zu wissen hätte sie mit dieser Einschätzung ja auch genau richtig gelegen. Aber Herr Hartmann fand es einfach nur geil.

Sein Halbsteifer verwandelte sich sofort in einen ausgewachsenen Ständer, als sie jetzt auf ihn zukam.

Sie trug schwarze Leggins, scheinbar aus einem dünnen Kunstleder-Imitat. Von den Knöcheln bis zum Saum hatte sie an den Außenseiten einen recht breiten Einsatz aus dünner, durchsichtiger Spitze, die mit feinen Blumen und Schnörkeln besetzt war, durch den ihre nackte Haut schimmerte.

Alina trug die Hose sehr hoch, und so sah man mehr als deutlich, wie sich ihre Schamlippen durch das enganliegende Material abzeichneten.

Ihr Oberteil war wieder sehr weit und locker geschnitten, weiß und uni. Es hatte keinen weiteren Schnickschnack und war sehr schlicht gehalten. Natürlich war es so dünn und durchsichtig, dass der schwarze und ebenfalls mit Spitze besetzte Push-up BH deutlich zu sehen war.

Der äußerst großzügig gefasste V-Ausschnitt war am Saum mit dickerem und somit deutlich schwererem Stoff versehen. Dadurch lag das Top schwer auf ihren hochgepushten Brüsten auf und schaffte sehr eingehende Blicke, durch Alinas Dekolleté auf ihre halbnackten Titten.

Alinas Haare waren zu einem einfachen Pferdeschwanz zusammengefasst, nur zwei Strähnen rahmten ihr wunderschönes Gesicht ein. Wieder hatte sie für ihn ihre Lippen rot angemalt, dafür aber auf Schmuck gänzlich verzichtet. Sie trug sportliche, in grellen Farben gehaltene Sneakers mit kurzen, weißen Sportsocken.

Als sie ihn erreichte fiel sie ihm um den Hals, nur um sich gleich darauf zu ihm hochzurecken und ihn heftig und verlangend zu küssen. Genussvoll und dankbar erwiderte er ihren Kuss.

Seine Hände streichelten ihren durchgebogenen Rücken, wanderten aber schnell nach unten.

Er knetete ihren prallen, festen Knackarsch durch, während sie ihm ihre Titten entgegenreckte.

Eine halbe Minute standen sie einfach so da, Herr Hartmann gegen das Regal gedrückt, den Arsch dieser willigen Schülerin in seinen Händen. Er hatte die Augen geschlossen und genoss ihren Ansturm mit allen Sinnen. Ihr Duft, ihre Brüste die sich gegen ihn pressten, ihr Arsch in seinen Händen, das glückliche und selige Seufzen, das ihr immer wieder entfuhr und die Freude darüber, wie sehr sie ihn wollte.

Dann löste sie sich von ihm. Sie hielt sein Gesicht in ihren Händen und blickte ihn an, ein wenig außer Atem.

„Gott, du machst mich so an", brachte er hervor.

Sein Blick wanderte an ihr herunter, ihren langen, zarten Hals hinab bis zu ihren so dürftig bedeckten Brüsten.

„Schön, dass ich Ihnen gefalle...", sagte sie, lächelte glücklich und löste sich jetzt vollständig von ihm.

Sie ging rückwärts, ohne sich umzudrehen und ließ ihn nicht aus den Augen. Erst als sie den Tisch hinter sich ertastete blieb sie stehen.

„Ich will, dass Sie mich ansehen", verlangte sie.

Ihre Stimme hatte wieder diesen geilen Unterton und auch ihr Blick verriet ihm, wie scharf sie war.

„Dich ansehen?", fragte er etwas unsicher nach.

„Ja, ich will, dass Sie mich einfach nur ansehen. Ich will Ihre Blicke auf mir spüren ich will, dass Sie mich betrachten, ich will sehen, wie sehr ich Ihnen gefalle. Wie sehr Sie meinen Körper wollen..."

Noch während sie sprach hatte sie damit angefangen, ihre Hände über ihren eigenen Körper streichen zu lassen. Ihre leicht gespreizten Finger wanderten synchron ihre Seiten entlang, über ihre Taille und ihre Hüfte bis über ihre Oberschenkel und wieder zurück. Dabei hob sie ihr Top leicht an und entblößte ihren flachen, straffen Bauch, bevor sie den Druck ihrer Handflächen weit genug verringerte, um es wieder nach unten fallen zu lassen. Sie ließ ihre Hüfte ganz sacht und kaum merklich kreisen, während ihre Hände hoch zu ihren Brüsten wanderten. Ganz sanft zunächst, dann immer stärker streichelte sie ihre Titten, bis ihr Streicheln in ein intensives Massieren überging. Sie grub ihre Fingerspitzen in ihr weiches Fleisch, hob ihr Brüste an, presste sie zusammen, knetete sie und bog ihren Rücken durch, um den ohnehin schon strapazierten BH an seine Grenzen zu bringen. Ihr BH schien eine Größe zu klein zu sein, selbst an der Seite presste sich das weiche Fleisch von Alinas wunderschönen Brüsten hervor.

„Bitte, holen Sie sich einen runter", raunte sie jetzt. „Holen Sie ihren riesigen Schwanz raus, ich will ihn sehen!"

Herr Hartmann kam ihrer Bitte sofort nach. Sein Schwanz war wieder einmal schmerzhaft hart. Er knöpfte seine Hose auf und sein Schwanz sprang förmlich in seine Hände. Er begann ihn langsam zu wichsen. Währenddessen machte Alina weiter, ihr glasiger Blick wanderte zwischen seinem mächtigen Ständer und seinen eigenen Augen hin und her, die fest auf sie geheftet waren.

Ihre Hände wanderten jetzt wieder an ihr herunter, über ihren Bauch bis zwischen ihre Beine.

Kurz ließ sie ihre rechte Hand zwischen ihre Schenkel fahren, dann ging es wieder zurück ihren Körper hinauf. Sie erreicht den Saum ihres Tops und dieses Mal fasste sie zu und zog es sich in einer fließenden Bewegung über ihren Kopf.

Achtlos ließ sie es hinter sich auf den Tisch fallen. Sie stand jetzt nur noch im BH vor ihm. Dass er zu klein war, war jetzt eindeutig. Wie ihre Brüste überall herausquollen, das hatte etwas ungemein Erotisches und Aufreizendes.

Herr Hartmanns Bewegungen an seinem Schwanz wurden schneller, während er den Striptease seiner Schülerin genoss. Alina hörte nicht auf.

Kaum war ihr Top hinter ihr gelandet, griff sie sich auch schon hinter den Rücken. Kurz stand sie so da, dann hatte sie den Verschluss geöffnet.

Ihr mächtiger Busen ließ den BH einige Handbreit von ihrem Körper entfernt auf den Boden springen. Sie hatte einen noch größeren Vorbau, als es bisher den Anschein gehabt hatte. Ihre Brüste hingen leicht an ihr hinab. Die Brustwarzen waren hart.

Alina stand einige Augenblicke einfach so da und ließ ihn das Bild genießen und in sich aufnehmen, bevor sie fortfuhr. Wieder wanderten ihre Hände nach oben und erneut begann sie ihre nun befreiten Titten zu bearbeiten. Ihre Finger waren weit gespreizt und sie drückte fest zu, sodass ihr rosiges Fleisch einmal mehr hervor schwoll.

Sie zwirbelte ihre Nippel, streichelte sie sacht, hob ihre Brüste an, presste sie an ihren Oberkörper. Die ganze Zeit klebte ihr Blick genauso an Herr Hartmann, wie seiner an ihr haftete.

Sie wuchtete sich ohne sich umzudrehen mit beiden Händen auf den Tisch hinter ihr, und rutschte bis an die Wand. Ihre Beine waren gespreizt. Ihre geschwollenen Schamlippen drückten sich jetzt deutlich durch den engen Stoff.

Herr Hartmann keuchte gierig auf, als er sah, dass sich ein auf dem schwarzen Stoff ein kaum merklicher, aber doch sichtbarer, nasser Fleck ausgebreitet hatte. Alina lief aus.

Ihre Hände ließen jetzt von ihren Titten ab und streichelten stattdessen die Innenseiten ihrer Schenkel. Auch hier vergrub sie immer wieder ihre Fingerspitzen, wanderte nach außen und innen. Dabei räkelte sie sich unter seinen Blicken, hob und senkte ihr Becken.

Das Kribbeln in seiner Schwanzspitze nahm zu.

Schließlich stoppte sie ihre Hand nicht wie bisher, bevor sie dort ankam, wo ihr Venushügel sich unter den Leggins wölbte, sondern glitt zu ihren großen, geschwollenen Schamlippen, die einen so eindeutigen Abdruck in dem nassen Material hinterließen, das sich über sie spannte.

Mit den drei mittleren Fingern ihrer rechten Hand massierte sie in kreisenden Bewegungen ihren Kitzler durch die Hose, während ihre Linke weiter ihre Titten knetete. Dabei entfuhr ihr ein kaum wahrnehmbares Stöhnen.

Herr Hartmanns Mund war vollkommen ausgetrocknet, sein Atem ging immer heftiger.

Alina bearbeitete sich weiter, die Rotation ihrer Hand nahm an Geschwindigkeit zu.

Ihr Becken erwiderte die Bewegung ihrer Hand in entgegengesetzter Richtung. Sie begann jetzt lauter zu stöhnen, immer lauter, immer intensiver.

Wenn Christian jetzt zurückkehren würde, konnte er die eindeutigen Geräusche aus dem hinteren Teil der Bibliothek unmöglich ignorieren oder missverstehen. Aber wieder einmal war es egal.

Herr Hartmanns Vernunft war wie ausgeknipst und musste hinter seiner Lust zurückstecken.

Das Kribbeln in seiner Schwanzspitze war in einen intensiven Druck übergegangen und er spürte, dass er gleich kommen würde. Die ganze Zeit über hatte sie kein Wort gesprochen, anders als die bisherigen Male. Aber jetzt brach er ihr Schweigen.

„Du geiles Stück, ich komme gleich, ich..."

„Ja!", hechelte sie gierig und sprang von der Tischplatte. Sie eilte auf ihn zu und kniete direkt vor ihm nieder.

„Ja, kommen Sie! Ich will ihr geiles Sperma auf meinen Titten, los, jaa.,. jaa, spritzen Sie mir ihr Zeug über die Titten..."

Bei ihren Worten war es ihm sofort gekommen. In satten, dicken Spritzern pumpte es aus ihm heraus. Wieder war der erste Schub der heftigste und klatschte gegen Alinas Hals. Die restlichen landeten tiefer, auf ihrem Schlüsselbein und ihren Brustansätzen und liefen von dort langsam nach unten.

Sie blickte nach unten und sah dabei zu, wie ihre Brüste mehr und mehr von ihm eingesaut wurden. Nach sechs, sieben Schüben verebbte die Flut. Herr Hartmann sackte nach hinten gegen das Bücherregal und blickte völlig entkräftet auf Alinas mit Sperma bedeckte Titten.

„Fotografieren Sie mich."

Ihre Stimme war ein Flüstern. Ein bebendes, verlangendes, raunendes Flüstern. Hastig tastete Herr Hartmann nach dem Smartphone in seiner Tasche. Er holte es raus, entriegelte es und tippte auf das Symbol für die Kamera. Er fixierte die triefenden Titten.

Alina hatte ihre Hände unten angelegt und hob sie leicht an, der Kamera entgegen. Das Blitzlicht flackerte auf. Klick. Ein Foto. Klick. Noch eines.

„Fotografieren sie mich, meine nackten Brüste. Ich will, dass Sie sich später noch einmal darauf einen runterholen. Lichten Sie ihre kleine Schulschlampe ab, ich will es, ich will, dass Sie meinen nackten Körper fotografieren, mit ihrem Sperma auf mir."

Alina hatte begonnen mit ihren Händen seinen Saft auf ihrer Haut zu verteilen, nachdem er die ersten beiden Bilder gemacht hatte. Viele Male ertönte das künstlich erzeugte Klicken, wenn sein Handy ein Foto schoss, viele Male leuchtete das kalte Licht des Blitzes auf. Irgendwann erhob Alina sich. Herr Hartmann ließ die Hand sinken, in der er das Handy hielt. Er hatte nicht mitgezählt wie viele Bilder er gemacht hatte, aber es waren viele, so viel war sicher.

Alina biss sich auf die Unterlippe, senkte ihren Kopf leicht, blickte ihn aber trotzdem an. Sie lächelte schon wieder so froh, als sei sie das glücklichste Mädchen der Welt.

„Aah, Gott, Ihr Sperma auf meiner Haut, das macht mich so an..."

Ihre Brüste und auch ihr Bauch glänzten immer noch stumpf von dem halb getrockneten Samen, der überall klebte. Alina leckte ihre Fingerspitzen ab, jede einzelne. Herr Hartmann sah ihr zu, sog jede ihrer Bewegungen in sich auf wie ein Schwamm.

Dann drehte sie sich um und kehrte zu dem Tisch zurück. Herr Hartmann steckte sein Smartphone weg und stopfte seinen halbsteifen Schwanz zurück in die Hose, bevor er sein Hemd richtete und sie wieder zuknöpfte.

„Alina... warum... warum machst du das - für mich?"

Die Frage brannte ihm mit einem Mal auf der Seele. Er wusste nicht warum, aber er hatte das dringende Bedürfnis nach einer Antwort.

90

Alina schien etwas stutzig über seinen ernsten Tonfall und sah ihn ein paar Sekunden lang an, ohne etwas zu erwidern. Sie schien nachzudenken. Dann zuckte sie die Schultern.

„Ich weiß es nicht genau. Ich mag Sie, ich finde Sie cool und vor allem unfassbar heiß. Warum macht man sowas schon? Es.... es macht mich einfach froh. Ich weiß auch nicht."

Wieder zuckte sie mit den Schultern und lächelte unbeholfen. Sie wirkte unsicher und etwas verzagt, als würde sie etwas von ihm befürchten.

„Wieso fragen Sie?"

„Es.... hat mich einfach interessiert. Es hat alles so plötzlich angefangen", antwortete er. Jetzt war es an ihm mit den Schultern zu zucken.

„Ich mag dich auch, Alina", fügte er hinzu.

Das zauberte förmlich ein Strahlen in ihr Gesicht. Herr Hartmann musste lachen, sie erwiderte es und damit war der merkwürdig ernste Moment überwunden.

Alina hatte ihren BH wieder angezogen und musste in der Tat ganz schön pressen, um ihre Brüste in ihm zu verstauen. Jetzt warf sie sich ihr Top über.

„Willst du dich nicht vielleicht ein bisschen waschen?", fragte Herr Hartmann verwundert.

„Nein", grinste sie frech zurück und schenkte ihm einen bedeutungsschwangeren Blick.

Auch er musste grinsen, kämpfte innerlich aber gegen eine neuerliche Lustwelle an.

„Eigentlich sollte ich kommen um dir ins Gewissen zu reden. Frau Hoffstädt hat mich wieder mal drum gebeten, wegen deinem Aufzug."

„Und, haben Sie ihr gesagt, dass es eigentlich Ihre Schuld ist, dass ich so rumlaufe?", lachte Alina gut gelaunt.

„Nein, natürlich nicht", schmunzelte er. „Aber du kannst so nicht in den Unterricht."

„Keine Sorge, ich habe an alles gedacht", zwinkerte sie zurück.

Sie kramte in ihrer Tasche, die unter dem Tisch stand. Hervor zog sie eine weiße Bluse und einen engen, grauen Rock aus Baumwolle. Beides zog sie sich über und bedeckte sowohl den feuchten Fleck zwischen ihren Schenkeln, als auch ihr großzügiges Dekolleté.

„Das wird die Hoffstädt ja hoffentlich zufrieden stellen!"

Wieder musste Herr Hartmann lachen. Dieses durchtriebene Stück!

„Ja, ich denke auch. Komm!"

Er machte eine Armbewegung und bedeutete ihr, die Bibliothek mit ihm zu verlassen. Sie gingen den Gang zurück, durch den Herr Hartmann gekommen war. An der Treppe trennten sie sich, Alina würde vorgehen und er würde etwas später folgen, das erschien ihnen unauffälliger.

„Ich freue mich auf heute Abend", verabschiedete sie sich und hauchte ihm einen Kuss auf die Wange.

Sie drehte sich um und hopste die Treppe hoch. Herr Hartmann konnte ihr nur beipflichten. Noch nie hatte er etwas so herbeigesehnt, wie den heutigen Abend. Er sah auf seine Armbanduhr, und nachdem dreißig Sekunden verstrichen waren, folgte er Alina. Es hatte bereits vor einigen Minuten geschellt, und der Strom an Schülern, der sich zum Ende jeder Pause das Treppenhaus hinauf quetschte, war mittlerweile in ein Rinnsal übergegangen.

Herr Hartmann eilte in das Lehrerzimmer an seinen Platz und griff nach seiner Tasche und den Materialien für die nächsten zwei Stunden. Sowohl Julie als auch Christian waren nicht mehr anwesend und Herr Hartmann war froh, etwaigen Nachfragen so entgehen zu können.

Die beiden Stunden Erdkunde vergingen so schnell, dass er sich hinterher fragte, was er in der Stunde überhaupt geschafft hatte.

Auch die zweite große Pause schien vorbei, sobald sie begonnen hatte.

Die ganze Zeit war Herr Hartmann mit seinen Gedanken bei Alina und fieberte der Doppelstunde Französisch entgegen.

Abermals brach er vor Ende der Pause auf und war zu früh im Kursraum. Die Tür ließ er wieder offenstehen.

Als die ersten Schüler den Raum betraten, saß er am Pult und wippte ungeduldig mit dem Bein auf und ab. Alina kam mit einer Freundin, setzte sich ganz nach hinten an ihren gewohnten Platz und schien ihm keinerlei Beachtung zu schenken.

Herr Hartmann bewunderte ihre Professionalität. Sie unterhielt sich im Flüsterton und während er es nicht lassen konnte sie immer wieder mit seinen Blicken zu streifen, sah sie nicht ein einziges Mal in seine Richtung.

Fast war er ein bisschen enttäuscht, wie leicht es ihr scheinbar fiel.

Der Unterricht begann und verlief ohne, dass Alinas Unschuldsmiene ihr entglitt. Sie sagte nichts, wie auch in der letzten Unterrichtsstunde verhielt sie sich wie immer. Nur am Ende, als sie den Raum mit Carola, ihrer Freundin, verließ, huschte ein leichtes Lächeln über ihr Gesicht, welches Herr Hartmann dankbar zurückgab. Mit der sechsten Stunde endete auch sein Arbeitstag und das Wochenende begann.

Gut gelaunt machte er sich auf den Heimweg und begann sofort, sich auf sein näher rückendes Abenteuer mit Alina vorzubereiten. Er duschte sich und rasierte sich, sowohl im Gesicht als auch im Intimbereich. Er cremte sich ein und zog ein weißes, enges T-Shirt an, das seine Muskeln gut in Szene setzte. Das Bett bezog er ebenfalls frisch.

Es gab nichts besseres, als es frisch geduscht und einem frisch gemachten Bett so richtig schmutzig zu treiben. Und nichts anderes hatte er vor.

Er würde Alina abholen, sobald er seine Frau am Flughafen abgeliefert hatte, das hatten sie per SMS ausgemacht. Ihre Adresse war längst in seinem Navi eingespeichert. Er saß die Zeit bis zum Abend ab und war froh, als er endlich seine Frau hörte. Er eilte in den Flur, nahm ihr die Sachen ab und musste sich noch einmal knapp eine dreiviertel Stunde gedulden, bis sie sich geduscht hatte. Ihre gepackte Tasche stand schon vor der Tür.

Die Fahrt zum Flughafen war anstrengend. Seine Frau erzählte viel und er hörte aufmerksam zu, stellte Fragen und beteiligte sich selbst am Gespräch, aber irgendwie strengte es ihn an. Das war neu für ihn, ihre Gespräche waren bisher immer absolut ungezwungen verlaufen.

Am Flughafen parkte er in der Tiefgarage und begleitete seine Frau bis in das Gebäude. Hier verabschiedeten sie sich. Sie wünschte ihm ein schönes Wochenende und küsste ihn liebevoll. Da war es wieder. Ein unangenehmes Ziehen der Unruhe in seiner Magengegend, so wie wenn man kurz davor steht eine lange, anstrengende Arbeit abzuschließen und das Ende gar nicht erwarten kann.

Er winkte zum Abschied und hoffte, dass sein Lächeln nicht allzu aufgesetzt wirkte. Dann war sie weg. Er drehte auf dem Absatz um und hastete ins Auto. Viel zu schnell brauste er davon. Der Weg zurück kam ihm viel zu lang vor, aber wenigstens ersparte das Navi es ihm, sich auf der Suche nach Alinas Haus zu verfahren.

Als er in ihre Straße einbog und das Gerät ihm noch etwas mehr als hundert Meter zum Ziel anzeigte, fuhr er rechts ran und schaltete den Wagen aus und zog sein Handy hervor.

„Bin da", tippte er und schickte die Nachricht ab. Keine sechzig Sekunden später sah er Alina, wie sie aus einiger Entfernung auf ihn zukam. Sie ging ganz langsam, lächelte aber den gesamten Weg über. Sie hatte sich schick gemacht. Ein starker Kontrast zu ihrem Aufzug vom Vormittag. Sie trug einen langen, weißen Rock, der aber so knapp unter ihren Brüsten ansetzte, dass er unten nur gerade so bis zur Mitte ihrer Oberschenkel reichte. Ein dunkles, grau-blaues Top steckte im Rock, das zwar sehr eng anlag, aber nur einen kleinen Rundhalsausschnitt hatte und somit kein Dekolleté offenbarte.

Ihre Lippen schienen nicht geschminkt, dafür hatte sie ihre Augen dunkel bemalt, was sie noch größer wirken ließ. Auch trug sie Schmuck: eine schmale, goldene Kette mit einem einzelnen Stein und rautenförmige, ebenfalls goldene Anhänger an den Ohren. Ihre Nägel waren farblos lackiert und sie trug knöchelhoch geschnürte Sandalen, an ihrer Schulter baumelte eine große Handtasche. Klackend öffnete sie die Tür und steckte ihren Kopf herein.

„Guten Abend!", rief sie fröhlich grinsend.

„Hallo", erwiderte er nur, grinste aber zurück.

Sie ließ sich auf den Beifahrersitz plumpsen und schnallte sich an, während Herr Hartmann langsam anfuhr. Er lenkte zurück auf die Hauptstraße, kurvte elegant um einen an der Seite parkenden Kleinlaster und gab Gas.

„Wie geht's dir?", startete Alina den Smalltalk.

Herr Hartmann runzelte die Stirn. „Ähm... jetzt doch ‚Du? Ich dachte du hättest dich dagegen entschieden?"

„Ja, in der Schule. Aber außerhalb der Schule gefällt mir „Julian" glaube ich doch besser."

„Naja, wie du meinst. Also mir geht's gut jedenfalls. Und selbst?"

Alina begann von ihrem Tag zu erzählen, plauderte ein wenig von der Schule und von ihrer Familie, und sorgte wieder einmal dafür, dass Julian sich wohl fühlte. So schien sie kaum ins Auto gestiegen zu sein, als er es auch schon in die kleine Einfahrt der Garage vor seinem Haus fuhr. Er zog die Handbremse, drehte den Schlüssel im Schloss und mit einem kurzen Stottern starb der Motor.

Stille.

Nur das Zwitschern der Vögel und das ferne Rumoren eines Rasenmähers drangen dumpf durch die Karosserie des Impalas zu ihnen. Sie Blickte ihn an. Lächelte. Er lächelte zurück.

„Julian...?"

„Ja?"

„Ich.... bevor wir das tun, will ich dich auch noch was fragen."

„Okay... was denn?"

„Du hast mich heute gefragt warum ich das mache. Das alles. Und dann habe ich angefangen mich zu fragen.... warum machst du es? Du hast doch eine Frau, meine ich."

Das war schwierig. Julian wusste nicht, was er sagen sollte. Was wollte sie hören? Dass seine Frau ihm egal war? Dass er Alina mehr wollte? Dass es ihn genau reizte, seine Frau zu hintergehen? Was entsprach der Wahrheit?

Schließlich, nach einigem Zögern entschied er sich für die Wahrheit.

„Ich bin mir auch nicht sicher. Den einen Grund gibt es glaube ich nicht. Ich weiß nur, dass ich es will. Unbedingt. Aber nicht warum. Was meine Frau angeht,,.. also.,.. hm.... Jedenfalls habe ich kein schlechtes Gewissen. Nicht wirklich."

„In Ordnung."

Alina lächelte sanft, die Antwort schien sie zufrieden zu stellen. Ohne ein weiteres Wort öffnete sie die Tür und stieg aus dem Auto, er folgte ihrem Beispiel.

Sie schritten gemeinsam zur Tür und er schloss auf. Er bat sie hinein und betrat hinter ihr den Flur. Er stieß die Tür an und schwer fiel sie ins Schloss. Der Widerhall jagte durch das Haus.

Sie drehte sich zu ihm um und blickte ihn an. Die Tasche hielt sie mit beiden Händen vor sich. Er legte den Schlüssel beiseite und erwiderte ihren Blick. Dann ließ sie die Tasche fallen.

Mit einem großen Schritt trat sie auf ihn zu und fiel ihm um den Hals. Sie reckte sich hoch, er zog sie zu sich heran und ihre Lippen trafen sich. Sie packte ihn am Kragen und zog ihn noch näher zu sich herunter. Eng umschlungen standen sie da, ihre Lippen auf seinen, ihre weichen, schönen Lippen.

Sie tastete mit ihren Fingern sanft nach seinem Hals, seinem Nacken, seinen Schultern, seinen Oberarmen.

Er legte seine Hände an ihre Brüste. Sanft streichelte und knetete er sie und stellte erfreut fest, dass sie scheinbar keinen BH trug. Es war unfassbar, wie straff Alinas Titten trotz ihrer Größe anmuteten, dass der Stoff eines Tops ausreichte, um einen fehlenden BH zu verbergen.

„Wo ist das Schlafzimmer?", flüsterte sie zwischen ihren leidenschaftlichen Küssen.

„Oben", sagte er.

Ohne ein weiteres Wort fasste er Alina an der Hüfte und hob sie hoch. Sie war erstaunlich leicht und lächelte erfreut, als er sie ohne Mühe die Treppe hochtrug. Er legte seine Hände unter ihren festen, straffen Arsch und knetete ihn genüsslich. Alina schlang ihre Beine um seine Taille und ihre Arme um seinen Hals. Sie küsste ihn weiter und wurde immer fordernder. Halb blind tastete er sich in den ersten Stock, weil Alina seine Sicht verdeckte.

Er ging den Flur entlang, am Bad vorbei und stieß die Tür ins Schlafzimmer auf, nur um sie mit dem Fuß gleich wieder hinter sich zuzustoßen.

Sachte ließ er Alina auf die dicke Matratze sinken und kam über sie. Er schob sie nach oben, bis sie mit dem Kopf auf den Kissen lag und erwiderte ihre Küsse nun wieder drängender.

Er presste sich gegen sie und rieb seinen längst steinharten Schwanz durch seine Hose an ihrem Unterleib.

Sie erwiderte seine Bewegungen mit ihrem Becken und stöhnte leise. Langsam begannen sie sich gegenseitig auszuziehen.

Er küsste sie zwar weiter, drückte sich mit den Armen aber so weit nach oben, dass sie das Shirt an seinem Bauch hochziehen und über seinen Kopf streifen konnte. Er streichelte ihre nackten Schenkel, ganz sacht fuhren seine Fingerspitzen von ihren Knien nach oben, was Alina schaudern ließ und ihr ein neuerliches Stöhnen entlockte.

Sie drückte mit ihren Handflächen gegen seine nackte Brust und bedeutete ihm, sich von ihr runter auf den Rücken zu rollen. Mit gespreizten Beinen setzte sie sich auf seine Leiste und streichelte seinen Oberkörper.

„Ich liebe deinen Körper", seufzte sie glücklich, „du bist so unfassbar durchtrainiert..."

Er lächelte und zog sie wieder nach unten. Alina streichelte ihn und fuhr seinen muskulösen Körper mit ihren Fingern entlang. Ihre Küsse wurden immer intensiver, Alina tastete mit ihrer Zunge nach seiner. Er öffnete bereitwillig den Mund und sie versanken in einem langen und innigen Zungenkuss.

Bedächtig arbeitete er sich dabei mit den Händen zum oberen Saum ihres Rocks, den sie immer noch trug. Er begann das Top herauszuziehen.

Als Alina seine Versuche bemerkte richtete sie sich kurz auf und zog sich das Top ohne Umschweife selbst aus. Julian erkannte, dass er nicht ganz richtig gelegen hatte. Alina trug zwar keinen BH im herkömmlichen Sinne, hatte aber noch etwas unter dem Top getragen.

Eine Schicht aus feinster, weißer Spitze bedeckte ihre vollen Brüste. Durch das Muster waren ihre blassrosa Nippel zu erkennen, die längst hart waren und sich durch den Stoff drückten.

Jetzt rollte Alina sich wieder von ihm runter, hob das Becken und strampelte ihren Rock aus. Sie trug einen weißen Body, der unten aus undurchsichtigem

Material bestand, über dem Bauchnabel aber bis auf die Träger ausschließlich aus Spitze bestand. So nuttig und verboten sie heute in der Schule ausgesehen hatte, so stilvoll und verführerisch mutete sie jetzt an, erschien dabei aber nicht minder begehrenswert für ihn. Eher steigerte sie sich noch.

Keuchend entledigte sich auch Julian jetzt seiner Unterbekleidung, nur die Shorts behielt er vorerst an. Wieder zog er Alina unter sich, beugte sich hinab und küsste ihren Hals. Er atmete tief ein, der Geruch ihrer hellen, weichen Haut ließ ihn schwindeln. Sie hob ihr Becken an und presste sich ihm entgegen, dann nahm sie sein Gesicht in ihre Hände, sah ihn an.

Da war er wieder, ihr Blick. Ihre tiefblauen Augen, direkt vor ihm, die Lippen leicht geöffnet und ihre geröteten Wangen. Ein paar Sekunden sah sie ihn einfach nur an und er verlor sich in ihren Augen.

Dann legte sie ihre Hände auf seine Schultern und drückte ihn nach unten. Es war klar, was sie wollte. Er glitt an ihrem Körper hinab, streichelte ihre Seiten, ihre Taille, ihre Hüfte. Sie hatte die Beine längst gespreizt, als er zwischen ihnen ankam. Er sah sofort, wie sehr Alina ihn wollte. Die Innenseiten ihrer Schenkel und der Ansatz ihres Arschs glänzten längst feucht und der Stoff, der sich über ihren Schamlippen spannte war völlig durchnässt.

Julian liebte es, sie so zu sehen. Es machte ihn unfassbar an, wenn sie so auslief. Anders als in der Umkleide vor einem Tag verzichtete er darauf Alina weiter zu reizen, bevor er ihr Erleichterung verschaffte, dafür war er selbst viel zu ungeduldig vor Gier und Lust.

Der Streifen Stoff, der Alinas nasse Muschi noch bedeckte, hatte drei Druckknöpfe, die Julian jetzt hastig öffnete. Der Stoff federte zur Seite und Alinas triefende Muschi lag direkt vor ihm. Sie war wirklich wunderschön. Ihre inneren Schamlippen waren praktisch nicht zu sehen, nur blass schimmerten sie zwischen den geschwollenen äußeren Lippen hervor.

Alina verschwendete keine Zeit, und drückte seinen Kopf nach unten. Laut und voller Wollust stöhnte sie auf, als er ihre Schamlippen mit seiner Zunge teilte und ihre gesamte Spalte ausleckte.

Er grub sich tief in das weiche, warme, nasse Fleisch ihres Unterleibes, schmeckte ihre Säfte und sog ihren betörenden Duft ein. Alinas Bewegungen arbeiteten ihm entgegen, rhythmisch presste sie ihre Hüfte nach oben. Während er sie weiter ausleckte, fuhren seine Hände nach oben zu ihren Brüsten und massierten sie sanft durch den dünnen Stoff ihres Bodys hindurch.

Nach ein paar Minuten schien sie es nicht mehr auszuhalten. Mit der Linken verkrallte sie sich in seinen Haaren und zog ihn wieder zu sich hoch. Kurz aber heftig küsste sie ihn, sie schien ganz versessen darauf ihre eigenen Säfte zu schmecken.

„Fick mich jetzt."

Julian schluckte schwer bei diesen Worten. Sein Schwanz schien, sofern das überhaupt möglich war, noch weiter anzuschwellen. Alina sprach weiter, sie schien ein Faible dafür zu haben, ihn mit ihren Worten anzuturnen. Und sie war wirklich gut darin.

„Fick mich in deinem Ehebett, ja? Fick mich hier, wo du auch deine Frau schon so oft gefickt hast. Besorg's mir, ich will deinen riesigen Schwanz in mir haben, nimm mich richtig schön durch, ich brauche es jetzt!"

„Ja?", spielte er den Ball zurück, „brauchst du meinen Schwanz in dir?"

„Ja, ja! Siehst du es nicht? Ich will dich, ich will deinen Schwanz, bitte!"

Er fasste seinen Steifen mit der rechten Hand und führte seine Spitze an den nassen Eingang von Alinas Fotze. Sie wimmerte kläglich, als er begann mit seiner Eichel über ihren Kitzler zu reiben, und nicht direkt in sie eindrang.

„Bitte... stoß ihn mir rein... bitte, nimm mich..."

Er starrte auf sie hinab, er genoss es, ihren gierigen, flehentlichen Gesichtsausdruck und das verlangende Stöhnen.

„Bitte...", jammerte sie weiter.

Sie wusste genau, wie sie ihn heiß machen konnte. Er erfüllte ihr ihr Flehen. Er setzte seinen Schwanz an, blickte ihr ein letztes Mal ins Gesicht. Dann stützte er sich auf seinen Handflächen ab und glitt langsam in sie.

Alina stöhnte lang und genüsslich. Sie legte ihre Hände auf seinen Rücken und zog ihn zu sich herunter. Er vergrub sein Gesicht in ihrer Halsbeuge und hörte ihr Gestöhne direkt an seinem Ohr.

Sie war so wahnsinnig nass, ohne Probleme glitt er in sie, zur Hälfte war sein Schwanz in ihr, er machte weiter, spürte er wie er an ihren Muttermund stieß und immer noch drückte Alina ihn tiefer in sich rein, er dehnte sie, bis er bis zur Wurzel in ihr steckte. Er hob den Kopf, betrachtete sie.

Sie erwiderte den Blick, völlig überwältigt japste sie und starrte ihn ungläubig aus ihren großen, blauen Augen an.

Auch Julian war fassungslos, Emotionen und Gefühle brandeten über ihn hinweg. Alinas Muschi war unglaublich warm und feucht und gerade so eng, dass es nicht unangenehm war. Sie hatte sofort begonnen, ihn in sich mit ihren Scheidenmuskeln zu bearbeiten und zu massieren, die Reize die von seinem Schwanz sein Hirn erreichten, ließen ihn schwindeln.

Gleichzeitig erregte ihn der Gedanke. Der Gedanke, in einer 18-jährigen zu sein, seinen Schwanz in ihrer Muschi zu versenken, in seinem Ehebett. Das Wissen darum, dass er seine Frau gerade mit diesem Mädchen betrog, war nicht mehr abturnend oder verursachte ihm ein schlechtes Gewissen, es spielte auch nicht einfach keine Rolle mehr.

Nein, es machte ihn an. Er wollte es, er wollte seine Frau hintergehen, mit diesem Mädchen, wollte es Alina besorgen und es mit ihr treiben, wie er es mit seiner Frau nie getan hatte. Das wollte er.

Er begann sich in ihr zu bewegen. Genüsslich zog er seinen Schwanz aus ihr heraus, bis er fast ganz draußen war und stieß ihn ihr dann fest und schnell wieder rein. Alina schrie überrascht auf, stöhnte laut. Er machte weiter.

Immer wieder. Er zog ihn langsam raus und stieß ihn ihr hart wieder rein. Alina jubelte förmlich unter seiner Behandlung, feuerte ihn an.

„JA! JA!", schrie sie, jedes Mal, wenn er in sie stieß.

„Besorg's mir, mach's mir du geiler Hund!"

Dem kam er nur allzu gerne nach. Er erhöhte das Tempo, fickte sie in regelmäßigen, kräftigen Stößen. Jedes Mal schmatze es laut, wenn sein Schwanz aus Alinas Muschi glitt und er ihn ihr wieder rein hämmerte. Seine Hüfte knallte gegen ihr Becken, das laute Geräusch von Fleisch das auf Fleisch klatscht schallte durch das ganze Haus.

Alina hechelte und jammerte und wimmerte, stöhne und seufzte glücklich unter ihm. Sie zerwühlte mit den Händen das Bett, verkrallte sich im Bettlaken, in der Matratze und warf sich hin und her. Julian peitschte sie vor sich her, trieb sie an, hämmerte in sie. Sein Atem ging mittlerweile stoßweise, immer schneller stieß er zu.

Es dauerte nicht lange, bis Alina kurz vor ihrem ersten Höhepunkt stand. Wie auch schon als er es ihr in der Umkleide besorgt hatte, begannen zunächst ihre Schenkel, dann ihr Unterleib und schließlich ihr ganzer Körper zu beben und zu zittern.

Ihr Stöhnen wurde lauter, sie hatte die Augen geschlossen, ihre Brauen waren nach oben gebogen. Sie sah unfassbar begehrenswert aus. Dann kam sie.

Als wäre ihr Körper durch das ansteigende Zittern aufgeladen worden, entlud sich ihre Lust in einer stürmischen, zügellosen Welle. Ihre Beine verschränkten sich hinter Julians Rücken in einer Schere und sie presste ihn mit aller Kraft gegen sich. Sie schrie förmlich auf, als ihr Körper sich wieder und wieder aufbäumte.

Julian hatte Not, sich in seiner halb aufgerichteten Position zu halten, wollte aber das Schauspiel, das sich ihm bot unbedingt genießen können. Es dauerte fast eine halbe Minute, ehe sich Alina etwas beruhigt hatte.

Er ließ ihr kaum eine Pause und machte sofort weiter. Er zog seinen Schwanz aus ihr heraus und rollte sie auf den Bauch. Er ließ seinen Ständer kurz zwischen ihren Arschbacken entlang gleiten, streifte mit seiner Eichel ihr enges, festes Arschloch und fand dann den feucht-warmen Eingang zu ihrer Muschi.

Wieder stieß ihr zu, ohne Vorbereitung dieses Mal, ohne sich erst langsam aufzuwärmen. Er wollte sie, er wollte in sie stoßen, in ihre geile, glitschige Fotze.

Alina, die sich gerade erst von den Wellen ihres ersten Orgasmus' erholte, dankte es ihm mit neuerlichem Geschrei und Anfeuerungsrufen.

„JA! Gott, JA, fick mich, FICK MICH!"

Julian legte noch an Tempo zu, mit aller Kraft und so schnell er konnte, rammte er diesem geilen Stück von hinten seinen Schwanz rein. Jedes Mal stieß er so tief in ihren Unterleib, dass er seine Eichel an ihrem Muttermund spürte, es machte ihn wahnsinnig heiß zu wissen, wie hart und tief er in dieses willige Mädchen hämmerte.

Sie gab sich ihm ganz hin, ließ ihn ihren Körper benutzen und genoss es, einfach nur genommen zu werden. Schon bald kam sie erneut.

Julian merkte es an ihrem Zittern, das dieses Mal sofort in ihrem ganzen Körper einsetzte. Nur Sekunden später verkrampfte Alina sich bereits, um sich dann unter wilden Spasmen, die zuckend durch sie hindurchliefen unter ihm hin- und herzuwerfen.

Anders als bei ihrem ersten Höhepunkt verminderte Julian dieses Mal seine Anstrengungen nicht. Alina war ihm ganz ausgeliefert, festgeklemmt unter seinem muskulösen Körper.

Er behielt sein Tempo bei, machte immer weiter, noch während Alinas Orgasmus sie überrollte. Es peitschte sie zu neuen Höhen auf; sie wimmerte, seufzte und stöhnte und schrie ihre Lust hemmungslos heraus.

Der Schweiß lief ihm mittlerweile in Strömen über den Körper, sein Atem ging schwer und er hatte Seitenstechen. Aber er machte immer weiter, immer weiter.

Er wollte nur noch eins: In das feuchte, unersättliche Loch seiner Schülerin stoßen. In seinem Ehebett, er wollte den Körper seiner eigenen Schülerin mit jeder Faser seines Selbst.

Längst kämpfte er krampfhaft gegen seinen eigenen Orgasmus an. Er wollte nicht aufhören, er wollte Alina weiter ficken, immer weiter, in ihren Körper stoßen. Schließlich übertraf seine Erschöpfung sogar noch seine Lust.

Er konnte nicht mehr, seine Bewegungen hörten abrupt auf und er fiel neben Alina auf das Bett.

Sein Atem ging laut, stoßweise und verkrampft und er schloss kurz die Augen. Auch Alina lag schwer atmend neben ihm und versuchte, sich von seinem Sprint zu erholen. Sie legte den Kopf auf die Seite und sah ihn an. Ihr Gesicht war hoch rot, ihre Haare lagen wirr und verschwitzt um ihren Kopf, ihr Mund stand offen, ihre Lider waren halb geschlossen. Ihr Blick wanderte an ihm hinab und als sie sein immer noch steinhartes Teil sah, stöhnte sie erstaunt auf.

Mit müden, schwerfälligen Bewegungen robbte sie sich auf ihn. Er spürte das weiche Fleisch ihrer Titten auf seiner Brust, ihr Kinn ruhte auf seinem Schlüsselbein. Sie verbog sich etwas und er merkte, dass sie nach seinem Schwanz griff. Sie führte ihn an ihre Muschi und ruckte nach unten. Wieder flutschte er in sie rein. Er stöhnte genüsslich.

Alina richtete sich nicht auf, sie lag weiter schwer auf ihm. Nur ihr Becken begann sich zu bewegen, erst kaum merklich, dann immer deutlicher. Sie kippte es, in regelmäßigen, rhythmischen Bewegungen.

In diesem Winkel presste die empfindliche Unterseite seiner Eichel gegen das weiche Fleisch ihres Inneren und jagte neuerliche Wellen der Lust durch seinen Körper. Jetzt war es an ihm, sich Alina hinzugeben. Es war angenehm sich nach der vorherigen Anstrengung absolut entspannen zu können. Er konzentrierte sich vollkommen auf seine Empfindungen. Und auf Alinas Stimme. Sie fing schon wieder an, ihm versaute Sachen zuzuraunen.

„Gefällt es dir, hmm? Gefällt dir meine Muschi? Gefalle ich dir?"

Er antwortete ihr: „Ja, ja du gefällst mir, ich liebe deinen Körper!"

Ihre Bewegungen schienen etwas schneller zu werden.

„Magst du es also, mich zu ficken?"

„Ja!" Er keuchte.

„Fickst du mich lieber als deine Frau? Gefällt es dir, deine Frau zu betrügen mit deiner Schülerin, hier in eurem Ehebett?"

Kurz stockte er.

Aber dann kam die Antwort wie von alleine:

„Ja, ich ficke dich lieber! Ich liebe deinen Körper, deine großen Titten, deine weiche, feuchte, gierige, kleine Muschi!"

Bei seinen Worten lächelte Alina zufrieden.

„Dann komm jetzt", raunte sie. „Spritz mir dein Zeug rein, in meine Muschi, pump mich voll mit deinem geilen Sperma! Ich will es in mir haben, spritz in mich rein!"

Jetzt richtete sie sich doch auf, setzte sich aufrecht hin und das Wippen ihres Beckens ging in ein Rotieren über.

Julian stöhnte laut und überrascht auf. Er spürte, wie Alina seinen Schwanz mit ihren Muskeln massierte und knetete, das weiche Fleisch, das ihn umschloss, presste sich gegen ihn, drückte zu und katapultierte ihn förmlich zu seinem eigenen Höhepunkt. Es kam ihm vom einen auf den anderen Moment.

Alina schien es zu spüren und verstärkte ihre Bemühungen, molk seinen Schwanz förmlich.

„Ja! Pump mich voll! Gib mir dein Zeug, schön tief rein... jaa... jaa, Pump in mich rein... oh Gott..."

Dann kam er. Sein Unterleib verkrampfte sich, er packte Alina an der Hüfte, presste sie sich auf die Leiste, sein Griff war unbarmherzig und er pfählte sie förmlich mit seinem großen Schwanz, während es aus ihm heraus spülte und Alinas ohnehin schon glitschige Muschi mit seinem eigenen Saft geflutet wurde.

Er kam und kam und kam, es hörte gar nicht mehr auf, seine Hoden zogen sich schmerzhaft zusammen.

Alina stöhnte und hechelte und spornte ihn immer noch weiter mit ihren Worten an. Sie hatte nicht aufgehört ihn mit ihrem Unterleib zu melken und presste auch den letzten Tropfen aus ihm heraus.

Julian spürte, wie sein eigenes Zeug an der Rückseite seines Schwanzes und über seinen Sack wieder aus Alina herauslief, noch während er sich weiter in ihr entlud. Sein Gesicht kribbelte, seine Sicht verklärte sich und es packte ihn ein solch starker Schwindel, dass er das Gefühl hatte vom Bett zu gleiten.

Nur ganz allmählich beruhigte er sich. Halb nahm er wahr, wie Alina von ihm herunter glitt, immer noch sah er verschwommen. Langsam wurde das Bild wieder schärfer, der Krampf in seinem Unterleib löste sich. Dann japste er auf. Er starrte nach unten und sah Alina, beide Hände um seinen Schaft gelegt. Gierig und genussvoll leckte sie seinen Schwanz ab, säuberte ihn von seinem Sperma und ihren eigenen Säften.

Sie schürzte ihre Lippen und nuckelte sanft an seiner Eichel. Dabei sah sie ihn an.

„Du kriegst nur eine kurze Pause", sagte sie, „ich habe noch lange nicht genug..."

Alina sollte ihr Versprechen halten. An diesem Abend trieben sie es noch drei Mal, Alina war wirklich unersättlich. Und sehr geschickt.

Geschickt vor allem darin, ihn jedes Mal aufs Neue aufzugeilen, wenn er dachte, dass er an seinem absoluten Limit war.

Als Alina schließlich von Julian abließ, schmerzte sein ganzer Körper, jeder Muskel hatte sich verkrampft und er lag einfach nur da und genoss es, gar nichts zu tun.

Es war mittlerweile fast Mitternacht, ein kühler Wind wehte durch das offene Fenster und strich angenehm über Julians geschundenen Körper.

Alina lag neben ihm, atmete ebenfalls schwer. Ihr ganzer, nackter Körper glänzte vor Schweiß und Sperma. Er roch es, im ganzen Raum roch es danach, vielleicht im ganzen Haus. Nach seinem ersten Orgasmus waren alle weiteren zwar weit weniger ergiebig ausgefallen.

Alina hatte aber darauf geachtet, sein Sperma besonders gründlich auf ihrem Leib zu verreiben. jeden noch so kleinen Tropfen hatte sie aus seinem Schwanz herausgepresst. Sie hatte die Augen schon geschlossen und ihr Atem ging jetzt ruhiger. Anscheinend war sie eingeschlafen.

Julian lag da und betrachtete sie, betrachtete das Mädchen das ihn so sehr um den Verstand brachte und Seiten an ihm zum Vorschein treten ließen, von denen er selbst nicht gewusst hatte.

Er hatte seine Frau mit diesem Mädchen betrogen, seine Frau, die er doch eigentlich liebte. Er lächelte. Es hatte sich gelohnt, so viel stand fest.

Konnte man zwei Frauen gleichzeitig lieben? Diese Frage beschäftigte ihn.

Sicher, er kannte Alina kaum, wusste praktisch nichts über sie und ihr Leben. Und dennoch fühlte er sich ihr verbunden.

Still musste er über sich selbst lachen. Sie hatte ihm einfach nur den Kopf verdreht, mit Sex, der einfachsten Methode für eine hübsche Frau, einen Mann für sich zu gewinnen. Aber das war in Ordnung. Er wollte sich keine Gedanken darüber machen, wie ihr Verhältnis in Zukunft weitergehen könnte. Er wollte es genießen.

Er raffte sich auf und streckte sich. Es würde ihn nicht wundern, wenn er morgen mit heftigem Muskelkater aufwachte.

Langsam und behäbig tapste er durch den Raum und sammelte die beiden Decken ein, die wohl irgendwann mal auf dem Bett gelegen hatten, während dem Sex mit Alina aber schnell von dort vertrieben worden waren.

Er deckte Alina zu, die sich im Schlaf ein wenig bewegte und auf die Seite rollte. Ein leichtes Lächeln schien ihre Lippen zu umspielen.

Wieder betrachtete Julian sie. Sie war wirklich wunderschön. Auch er musste lächeln. Nur mit Mühe wandte er sich ab, umrundete das Bett und kroch auf der anderen Seite ebenfalls zwischen die Laken.

Er schloss die Augen und während der Schlaf ihn fast übermannte, kreisten seine Gedanken noch um sein wildes Liebesspiel mit seiner Schülerin.

Als er erwachte war es bereits hell. Was nichts heißen musste, schließlich war es im Sommer schon um sechs Uhr hell. Aber das Tageslicht hatte seine morgendliche Blässe bereits verloren, es musste also schon später sein.

Er rieb sich die Augen und sah neben sich ins Bett. Alina war nicht da, aber die Schlafzimmertür stand offen und von unten konnte er Geräusche hören. Er zog sich ein T-Shirt an, warf sich im Bad kurz zwei Hände kaltes Wasser ins Gesicht und ging nach unten.

Alina war im Esszimmer und lief eifrig zwischen der Arbeitsplatte der Küchenzeile und dem Esstisch hin und her. Das Esszimmer war der größte Raum des Hauses. Links an der Wand befand sich eine große Arbeitsplatte, mit Spüle und Kühlschrank, frei im Raum, etwa eineinhalb Meter von der Wand entfernt, stand ein Tresen, mit Herd und Ofen. Die gesamte Stirnseite des Raumes bestand aus Glastüren, die auf die hölzerne Terrasse hinausführten. Davor stand der massive Esstisch. Direkt rechts stand ein Kamin aus Speckstein, der ganze Stolz seiner Frau und im Winter wichtigstes Element des Hauses. Seine Frau liebt es, an die warmen Steine gelehnt, den Laptop auf dem Schoß zu arbeiten. Vor dem Kamin stand ein großes Ecksofa, somit war das Esszimmer auch Wohnzimmer.

Julian lehnte sich an den Türrahmen und beobachtete Alina mit verschränkten Armen und einem versonnenen Lächeln. Sie bemerkte ihn nicht direkt und er machte sie nicht auf sich aufmerksam.

Das Bild das er sah, gefiel ihm und er genoss den Moment. Alina trug ein weißes Hemd, das sie sich offensichtlich aus seinem Schrank genommen hatte. Sonst nichts. Das helle Sonnenlicht schien durch die verglaste Terrassenfront und beleuchtete Alina auf eine Weise, die sie unheimlich rein und erhaben erscheinen ließ. Bei dem Gedanken an den unfassbar schmutzigen Sex den sie noch letzte Nacht gehabt hatten musste er grinsen.

Dann bemerkte Alina ihn doch und blieb abrupt stehen. Sie strahlte ihn an.

„Guten Morgen!", flötete sie und hüpfte förmlich auf ihn zu.

Ohne Umschweife fiel sie ihm um den Hals und gab ihm einen zärtlichen Kuss auf den Mund. Er erwiderte den Kuss, ließ dabei aber auch seine Hände an ihrem fast nackten Körper hinuntergleiten, streifte ihre Nippel und strich über ihren flachen Bauch. Seinen vielsagenden Blick schien Alina gar nicht zu bemerken.

„Guten Morgen", gab er zurück. „Wie hast du geschlafen?"

„Sehr gut, ich glaube so gut wie noch nie. Ich glaube, ich war aber auch noch nie so fertig..."

Sie grinste frech. Er grinste zurück.

„Ich glaube, da ging es mir ganz ähnlich."

„Komm", sagte sie und fasste ihn an der Hand. Sie zog ihn zum Esstisch.

„Ich habe uns Frühstück gemacht." Stolz wies sie auf den Tisch.

„Womit habe ich das denn verdient?", fragte Julian und guckte etwas überrascht.

Alina hatte ganze Arbeit geleistet. Die Tischplatte war überfüllt mit Essen, es schien alles da zu sein. Spiegeleier, Speck, Baked Beans hatte sie auch gemacht. Dazu ein paar Brötchen und Schnittbrot, jede Menge Aufschnitt, frischer Orangensaft, Marmelade, aber auch geschnittene Tomaten und Zwiebeln.

Erst jetzt wurde Julian bewusst, wie hungrig er war. Sein Magen zog sich zusammen als er all das Essen sah und ihm lief wortwörtlich das Wasser im Mund zusammen.

„Naja, wenn man so eine Nacht hinter sich hat muss man doch wieder zu Kräften kommen!" Sie lachte laut und herzlich auf.

Er konnte ihr nur beipflichten und setzte sich. Alina nahm ihm gegenüber Platz und griff sich ihr erstes Brötchen. Sie verbrachten ein sehr angenehmes Frühstück. Julian war wieder einmal überrascht, wie gut er sich mit Alina unterhalten konnte. Wenn er bisher mit dem Thema der Schulschlampe in Kontakt gekommen war, nebensächlich in dem ein oder anderen Buch oder auch mal in einem Porno, den er sich gelegentlich ansah, waren die Charakterzüge der entsprechenden Damen in der Regel als überschaubar zu beschreiben. Eher dümmliche, weibliche Individuen.

Alina entsprach so gar nicht diesem Klischee. Sie hatte wirklich Witz und wusste mit Worten umzugehen. Noch nachdem beide längst satt waren und die zuvor so gründlich gedeckte Tischplatte etwas zerrupft anmutete, saßen sie fast zwei Stunden einfach nur da und redeten über alles Mögliche.

Natürlich war die Schule eines ihrer Hauptthemen, sie lästerten über Schüler und Lehrer, Alina erzählte von ihrem Schulalltag, er von seinem und es machte Spaß, ihre unterschiedlichen Erfahrungen zu vergleichen. Aber sie redeten auch über andere Dinge, Alina erzählte von ihrer Familie, von ihren Hobbies und Freunden und gab eine Geschichte nach der anderen zum Besten.

Julian lachte viel und er war glücklich an diesem Morgen -- so glücklich, wie er es selten gewesen war.

Schließlich sagte Alina: „So! Genug gelabert. Ich will jetzt was machen, irgendwas unternehmen."

Julian sah auf die Uhr - es war fast halb eins.

„Ja, gerne", gab er zurück. „Was schwebt dir denn so vor?"

„Ich glaub, ich will in die Stadt. Sie können mir Sachen kaufen!"

Alinas schönes Lachen unterstrich diesen kecken Kommentar und wieder wurde Julian bewusst, wie sympathisch sie ihm war. Er lachte ebenfalls.

„Alles klar. Gern! Vielleicht ja was Unterwäsche? Hast ja nicht so viel, wenn ich mir das hier so anschaue..."

Er machte eine lockere Handbewegung in Richtung Alina und meinte damit, wie spärlich sie angezogen war. In der Tat wurde ihre Nacktheit ihm gerade erst wieder bewusst, während ihrem Gespräch hatte er das vollkommen ausgeblendet.

„Ja, ich glaub das fänd' ich gut..."

Sie schenkte ihm ein bezauberndes Lächeln. Dann stand sie auf und kam um den Tisch herum, ihr Gesicht war mit einem Mal deutlich ernster als noch vor wenigen Augenblicken - verlangend.

Sie kam zu ihm und schwang sich auf seinen Schoß. Breitbeinig saß sie auf ihm und nahm sein Gesicht zwischen ihre Hände. Sie küsste ihn. Er schloss die Augen und genoss es, wie sie sich an ihn presste. Seine Hände glitten unter das locker sitzende Hemd, das sie trug, er strich ihren Rücken hinab, über ihr Steiß, knetete ihre festen Arschbacken durch.... Sein Schwanz wurde wieder hart.

Er erwiderte die rhythmischen Bewegungen, mit denen Alina sich an ihn presste jetzt. Wie bereitwillig sie sich ihm wieder aufdrängte, wie selbstverständlich sie sich ihm anbot, es.... sein Handy klingelte.

Der schrille Ton unterbrach jäh sein erwachendes Verlangen. Genervt löste er sich von Alina und griff nach dem Smartphone, das neben ihm auf dem Tisch gelegen hatte und jetzt aufleuchtete.

„Shit", murmelte er, „meine Frau... da muss ich rangehen."

Mit einer entschuldigenden Miene und sanfter Gewalt drückte er Alina von sich herunter und rutschte vom Tisch weg. Sein Herz hämmerte mit einem Mal, er war nervös. Klar, seine Frau konnte nicht sehen, was gerade am Esstisch passierte, aber die Angst sich irgendwie zu verraten war trotzdem mehr als gegenwärtig.

„Hey Schatz!", meldete er sich, nachdem er den Anruf entgegengenommen hatte und versuchte einen möglichst enthusiastischen Ton anzuschlagen.

„Hey", hörte er sie am anderen Ende der Leitung.

„Na, wie geht's dir?"

„Gut geht's mir, ich habe gerade gefrühstückt...",
begann er das Gespräch.

Seine Frau war gerade aufgestanden, am Vorabend
war es wohl spät geworden und rief jetzt ohne
wirklichen Grund an, einfach um sich zu erkundigen.
Obwohl Julian sich Mühe gab, fiel es ihm schwer
etwas zum Gespräch beizutragen.

Denn als er Alina von seinem Schoß befördert hatte,
hatte sie einen trotzigen Gesichtsausdruck aufgesetzt.
Jetzt rutschte sie unter den Tisch und zerrte mit
einem vielsagenden Blick an seinen Shorts.

Nicht! - machte Julian ihr mit Gestik und Mimik
deutlich, aber Alina grinste nur und machte
unbeeindruckt weiter. Julians harter Schwanz
bestätigte sie in ihrem Tun. Ihre Unverfrorenheit
machte ihn wieder einmal an.

„Schatz, ist alles in Ordnung?", hörte er seine Frau am
anderen Ende der Leitung fragen.

Er schreckte hoch. Alina hatte begonnen seinen
Schwanz mit ihrem Mund zu bearbeiten und er hatte
ihr so verträumt dabei zugesehen, dass er die letzte
Frage seiner Frau einfach nicht beantwortet hatte.

„Ich... ja ja! Sorry Schatz, ich war gerade ein wenig in
Gedanken! Also.... ja, ähm, heute mache ich eigentlich
nichts mehr. Vielleicht kommt Frank gleich noch rum,
dann gucken wir Fußball. Aber wirklich was geplant
habe ich nicht."

Alinas Bemühungen an seinem Teil wurden intensiver,
er musste sich zusammenreißen um nicht verräterisch
aufzustöhnen. War es vorher schon schwierig gewesen,

der Unterhaltung mit seiner Frau wirklich zu folgen,
war es jetzt fast unmöglich.

Alina schlabberte auf solch vulgäre Art und Weise an
seinem Schwanz herum, dass allein der Anblick ihn
fast kommen ließ. Ihre Zunge weit herausgestreckt,
leckte sie seinen Schaft von oben bis unten ab,
umzüngelte seine Eichel, stülpte ihre Lippen über
seine Schwanzspitze.

Mit beiden Händen hatte sie seine Wurzel umklammert und ihr Kopf ruckte an seinem Schwanz auf und ab.

„Mhm, okay", heuchelte Julian am Telefon Interesse, während er gebannt das Schauspiel verfolgte, das Alina ihm unter dem Tisch bot.

Die ganze Zeit wartete er darauf, dass Alina ihm einen weiteren Kehlenfick bescherte, aber sie beließ es bei den Standards. Insgeheim war Julian dankbar dafür, wäre sein Schwanz einmal mehr im Rachen seiner Schülerin gelandet, hätte er ein lustvolles Stöhnen bestimmt nicht unterdrücken können.

Vielleicht war das auch der Grund, warum Alina es dieses Mal ließ. Julian wurde immer ungeduldiger. Er wollte sich jetzt Alina widmen, aber seine Frau war richtig in Fahrt gekommen und erzählte ihm alles Mögliche, ohne dass er sich wirklich am Gespräch beteiligte.

Dass Alina ebenfalls ungeduldig wurde merkte er, als sie plötzlich nach oben griff. Er war so verdutzt, dass er gar keinen Versuch unternahm, sie abzuhalten. Sie griff nach seinem Handy und nahm es ihm aus der Hand, während sie aufstand. Ihr Finger wischte über den Bildschirm. Sie hatte einfach aufgelegt. Achtlos legte sie das Gerät hinter sich auf den Tisch und sah Julian an.

Sie ging an ihm vorbei, ein paar Schritte zur Terrassentür. Dort beugte sie sich nach vorne, stützte sich mit der rechten Hand an der Scheibe ab und griff mit der linken von unten zwischen ihre Beine. Mit Zeige- und Mittelfinger spreizte sie ihre Schamlippen.

„Fick mich jetzt", lautete ihre kurze Aufforderung.

Julian schluckte schwer. Sein Handy vibrierte wieder, ein kurzer Blick bestätigte die Vermutung: Seine Frau rief wieder an.

„Ignorier es", sagte Alina sehr ruhig, allerdings hatte sie schon wieder diesen verlangenden Unterton. „Ich brauche dich jetzt, ich brauche deinen Schwanz. Deine Frau muss so lange warten, bis du mich gefickt hast."

Hilflos sah er sie an, sein Schwanz pochte.

„Ich bin jetzt hier, ich bin jetzt wichtiger", bekräftigte sie noch einmal. „Wenn du es mir besorgt hast, kannst du sie zurückrufen."

Er schluckte wieder, dann sprang er auf. Ohne Umschweife stieß er von hinten in die nasse Fotze von Alina. Sie quiekte und jubelte bei jedem seiner Stöße. Sein Verstand war leergefegt, nur ein paar Gedanken kreisten immer wieder vor seinem inneren Auge. Er betrog seine Frau. Mit seiner Schülerin.

Während seine Frau mit ihm telefoniert hatte, hatte Alina ihm einen geblasen. Und jetzt ignorierte er ihre Anrufe. Weil Alina wollte, dass er sie fickte. Und er gehorchte.

Er stieß in sie, unerlässlich, mit jedem Mal spürte er ihren Muttermund an seiner Schwanzspitze, so tief hämmerte er in ihren Unterleib. Er hatte sie an der Hüfte gepackt und zog sie zu sich, mit jedem Mal, das er in sie stieß, um Druck und Intensität seiner Bewegungen für Alina weiter zu erhöhen.

Gleich nachdem Alina aufgelegt hatte, hatte sein Handy wieder angefangen zu klingeln, ohne Frage seine Frau.

Noch vier Mal erklang das Vibrieren und die Melodie, dann schien sie es aufzugeben.

Er hatte das Gefühl, seine Frau auf eine viel tiefer gehende Art zu befriedigen, als nur durch den Sex mit einer anderen, auf eine Art, die weit über den Sex hinaus ging. Und es turnte ihn an.

Er mochte es, dass seine Frau von Alina so sehr erniedrigt wurde, ohne dass sie das überhaupt wusste. Er trieb seinen harten Schwanz bei diesem Gedanken mit noch etwas mehr Wucht in Alinas Unterleib. Sie schrie spitz auf.

„Du geile kleine Nutte", presste er hervor, „lässt du dich gern ficken, von deinem Lehrer, hm?"

Seine Lenden klatschten laut gegen ihren Hintern.

„Ja! Ja! Ich bin deine Nutte, ich liebe es von dir gefickt zu werden! Fick deine kleine Schulnutte schön durch, ja? Besorg es mir, besorg es deiner Schulschlampe! Fick mich, fick mich härter!"

Wie er es liebte, wenn sie ihn so anfeuerte! Sein Schwanz zuckte und er spürte die Wirkung ihrer obszönen Worte.

„Ich komme gleich, gleich! Wohin willst du mein Zeug, hm? Wohin soll ich spritzen?"

„Auf meine Muschi! Spritz es mir auf die Muschi, verteil es von hinten über mir, schmier mich richtig schön ein, bitte!"

Er stöhnte inbrünstig auf bei ihren Worten. Er liebte es, dass sie so auf sein Sperma abfuhr und kleisterte sie nur zu gerne damit voll. Mit einem lauten Schmatzen zog er seinen prallen Ständer aus ihrer natürlich sowieso schon klitschnassen Fotze. Mit der rechten Hand umfasste er seinen Schwanz und richtete ihn auf Alinas Hinterteil. Diese zog mit der rechten Hand ihre Arschbacke nach außen und präsentierte sich ihm so noch mehr. Er folgte ihrem Beispiel, griff mit der Linken nach ihrer anderen Arschbacke und zog auch diese zur Seite, spreizte sie soweit es ging.

Alinas feuchte Muschi klaffte noch weit offen, nachdem sein großer Schwanz sie geteilt hatte. Sein Schwanz pulsierte unter seiner Hand, pumpte und arbeitete und dann kam er. Dank der nächtlichen Ruhepause schienen seine Reserven wieder aufgefüllt. Sechs kräftige Schübe Sperma spritzten aus seiner Schwanzspitze und verteilten sich über Alinas Hinterteil.

Sein Zeug lief über ihre gespreizten Arschbacken, benetzte ihr kleines, rosa Arschloch und lief ihr über die Muschi um von da satt und laut auf den Boden zu tropfen.

Julian stöhnte, seine Beine zitterten, während er sich über der Fotze seiner Schülerin ergoss. Fast schon krampfhaft hatte er sich mit der linken Hand in ihrer Arschbacke verkrallt. Alina stöhnte ebenfalls, genüsslich, ihr Blick war nach hinten gerichtet während sie ihre Hüfte leicht kreisen ließ, und beobachtete ihn während seines Höhepunkts. Nachdem er auch die letzten Tropfen auf ihr verteilt hatte japste er auf und taumelte zurück, fahrig stützte er sich an der Tischkante ab. Wieder einmal fühlte er sich völlig entkräftet. Dieses Mädchen machte ihn fertig.

„Mach' ein Foto von meiner vollgesauten Muschi, ja?", raunte sie.

Ein wenig fassungslos tastete er nach seinem Handy, das immer noch auf dem Tisch lag. Sie mochte es scheinbar wirklich, sich ihm darzubieten.

Julian schoss zwei Bilder, zoomte dabei so nah heran, dass Alinas vollgesauter Unterleib alles war, was man auf dem Bild erkennen konnte.

Alina hatte sich umgedreht kam jetzt zu ihm und reckte sich zu ihm hoch. Küsste ihn. Und wieder spürte er es, diese Dankbarkeit, die Verbundenheit, die über ihren gemeinsamen Sex hinaus ging. Er mochte sie wirklich, das wurde ihm mit einem Mal sehr deutlich bewusst.

Alina nahm ihm das Handy ab und tippte auf dem Bildschirm herum. Ein paar Sekunden später gab sie es ihm zurück. Sein Hintergrundbild zeigte jetzt die mit Sperma verschmierte Muschi seiner Schülerin. Er sah sie an, sie grinste zurück.

„So, ruf jetzt besser mal deine Frau an. Ich geh mich sauber machen!", sagte sie während sie schon nach oben ging, ohne sich noch einmal umzusehen.

Er schüttelte den Kopf. Dann wählte er den Kontakt seiner Frau und rief sie zurück. Während er ihr irgendeine Lüge von einer schlechten Verbindung erzählte, hörte er wie oben die Dusche anging. Seine Frau wirkte zunächst etwas skeptisch, schien seine Erklärung dann aber anzunehmen. Lange telefonierten sie aber nicht mehr, der Terminkalender seiner Frau war typischer Weise sehr voll.

Nachdem sie das Gespräch beendet hatten, machte Julian sich daran, den Frühstückstisch abzuräumen und ging dann ebenfalls nach oben. Als er das Schlafzimmer betrat, hörte er gerade wie der Föhn im Bad anging.

Er ließ Alina ihre Ruhe und räumte ein wenig auf. Das Zimmer sah von ihrem wilden Treiben am Vorabend immer noch sehr chaotisch aus. Er zog das Bett ab und schmiss die Laken in den Wäschekorb, bezog es neu, räumte seine und Alinas Klamotten zusammen, die im Raum verteilt lagen und riss alle Fenster auf um auch den letzten Sexduft aus dem Raum zu vertreiben.

Er ließ sich Zeit und so ging die Tür zum Bad genau dann auf, als er fertig war.

Alina hatte sich offensichtlich für den Tag in der Stadt hergerichtet. Sie war leicht geschminkt, hatte aber auf Lippenstift verzichtet. Ihr Haare waren zu einem aufwendigen Dutt hochgesteckt, nur an ihren Schläfen hingen zwei Strähnen hinab, die sie mit dem Lockenstab bearbeitet hatte.

Nur nackt war sie immer noch. Ihre Haut schimmerte rosig und wieder wirkte sie so rein und unschuldig, dass man fast nicht glauben konnte, wie versaut und schmutzig sie in Wahrheit war.

„Puh, das tat gut", kommentierte sie ihre Dusche und stemmte die Fäuste in die Hüfte.

„Ihr habt voll die geile Dusche, ich steh' auf dieses Regenwald-Zeugs!"

Julian musste lachen.

„Ja, die war auch teuer. Meine Frau steht da drauf, ich dusche eigentlich immer mit der normalen Duschbrause, das geht irgendwie schneller."

„Ich finde ihre Frau hat 'n guten Geschmack. Nicht nur, was den Mann angeht." Ihre Augen blitzten frech.

Er beließ es bei einem Schulterzucken und lächelte etwas betreten. Er hatte zwar längst damit abgeschlossen, dass er seine Frau hinterging, solange er aber nicht völlig hirnlos vor lauter Geilheit war, war es ihm unangenehm, wenn Alina über sie sprach.

„Ich gehe mich dann auch mal frisch machen jetzt", sagte er dann, packte frische Unterwäsche zusammen und ging ins Bad.

Er duschte in der Tat recht schnell, mehr als fünf Minuten wurden es bei ihm eigentlich nie. Während seine Frau und scheinbar auch Alina es als Luxus zu verstehen schienen, zu duschen, ging er die Sache deutlich pragmatischer an. Er wollte sauber werden, mehr nicht. Er stellte die Dusche ab, öffnete die Kabine und griff nach dem Handtuch. Er trocknete sich noch in der Dusche ab, so vermied er es den Boden voll zu tropfen. Er hasste es mit Socken in kleine Wasserlachen zu treten und vermied diese Unannehmlichkeit an ihrer Wurzel.

Er hängte das Handtuch zurück, trat aus der Kabine und zog sich schnell seine frischen Shorts und ein neues T-Shirt an, dann öffnete er die Tür und ging zurück ins Schlafzimmer.

„Alina?", fragte er, als er sie im Raum nirgendwo entdecken konnte.

„Ja?", kam es aus dem begehbaren Kleiderschrank zurück.

Ein weiterer Teil des Hauses, den seine Frau sich gegönnt hatte.

„Was machst du?", fragte Julian etwas verdutzt und betrat den kleinen Raum. Die Stirnseite war komplett verspiegelt, die beiden Wände waren mit Regalbrettern, Schubladen und Kleiderstangen gesäumt.

Alina stand mitten in dem 5 m² großen Räumchen und betrachtete sich im Spiegel.

„Ich hab' mir von deiner Frau Unterwäsche ausgeliehen", sagte sie und grinste zufrieden. „Schien mir irgendwie passend. Und sie hat wirklich einen guten Geschmack!"

Sie drehte und wendete sich und begutachtete das schwarze Spitzenhöschen, das sie sich aus einer der Schubladen genommen hatte.

Julian war etwas mulmig zumute. Gleichzeitig konnte er ein verräterisches Regen in seiner Lendengegend nicht leugnen.

„Schade, dass mir die BHs nicht passen...", sagte sie mit einem bedeutungsvollen Blick in eine weitere Schublade.

Seine Frau hatte ein gesundes B-Körbchen, manchmal auch C, je nach Hersteller. In jedem Fall deutlich kleiner als Alina. Alina schien es zu genießen, Julian die Defizite seiner Frau ihr gegenüber immer wieder aufzuzeigen. Er grinste. Irgendwie genoss er es auch.

„Na dann tu dir keinen Zwang an, nimm dir was du willst."

Er griff sich selbst eine Jeans und ein Hemd und ging wieder ins Schlafzimmer. Zu zweit war es definitiv zu eng in dem kleinen Raum, um sich dort umzuziehen. Nach einer halben Stunde waren beide so weit, um sich auf den Weg zu machen.

Alina hatte sich ein Kleid aus der Sammlung seiner Frau genommen, ein dunkles Weinrot, aus einem schweren, aber locker geschnittenen Stoff. Es war im Dekolletee V-förmig ausgeschnitten und lag auf Alinas ausladendem Busen auf. Sie hatte auf einen BH verzichtet. Das Kleid war verhältnismäßig lang, es ging ihr bis zu den Knien.

Sie hatte wieder die flachen Sandaletten an, die sie auch schon getragen hatte als Julian sie bei ihr zu Hause abgeholt hatte.

Gemeinsam stiegen sie ins Auto und plauderten während der Fahrt in die Stadt munter vor sich hin. Als sie schließlich angekommen waren und Julian in der Tiefgarage gerade den Motor abgestellt hatte, hielt er inne. Siedend heiß fiel ihm etwas ein.

„Was machen wir denn, wenn jemand von der Schule uns sieht? Ich meine, es ist Samstag, das Wetter ist gut, heute ist wahrscheinlich ungefähr JEDER in der Stadt", sprudelte es aus ihm heraus.

„Ach was", entgegnete Alina, „glaub ich nicht. Es sind wohl eher alle im Schwimmbad. Und selbst wenn wir jemandem begegnen, können wir's ja so aussehen lassen als hätten wir uns zufällig getroffen und würden nur ein kurzes Stück zusammen gehen. Kriegen wir schon hin!"

Julian konnte ihre Unbekümmertheit nicht so recht teilen, nickte ihre Entscheidung aber ergeben ab.

Dennoch war er nervös, als sie durch die Stadt schlenderten.

In der Tat war es heute sehr voll. So voll allerdings, dass es die Situation fast schon wieder entschärfte. In diesem Trubel war es schwierig, einzelne Gesichter auszumachen. Selbst die Geschäfte waren so voll, dass man gut mit der Masse verschmelzen konnte.

Alina nahm ihn aus an diesem Tag. Sie schleifte ihn von einem Geschäft in das nächste, ließ sich von ihm Shirts, Tops, feine Unterwäsche und sogar Schmuck kaufen. Es amüsierte ihn. Mit ihrer frechen, vorlauten Art unterhielt Alina ihn gut und glücklicherweise begegneten sie niemandem, den sie kannten.

Ab und zu sah Julian zwar ein bekanntes Gesicht an sich vorbei durch die Menge gleiten, achtete aber immer darauf schnell weg zu gucken und vermied jeden Blickkontakt. Das funktionierte ganz gut.

Als der Nachmittag voranschritt machten sie sich schließlich wieder auf den Rückweg, beide mit zahlreichen Tüten in den Händen, die fast ausschließlich von Alina waren. Die sommerliche Sonne färbte den früh abendlichen Himmel in Orange und Violett. Der Abend war schon immer Julians liebste Tageszeit gewesen. Besonders im Sommer.

Auf der Rückfahrt ließen sie alle Fenster runter, er drehte die Musik auf und beide genossen das Rauschen des kühlen Windes, der ihnen durch die Haare peitschte. Sie sprachen kein Wort, sahen sich nur ab und zu an, vergewisserten sich, dass der andere noch da war. Alinas Lächeln schien das flammende Rot der untergehenden Sonnenscheibe noch zu überstrahlen.

Als er schließlich den Wagen vor das Haus lenkte und der Motor stotternd starb, fühlte er sich mit einem Mal seltsam ausgepumpt. Nicht, wie nach dem Sex mit Alina. Auf eine andere, tiefere Art. Emotional ausgepumpt.

Er blickte sie an, es war mit einem Mal erstaunlich still ohne den röhrenden Motor. Sie erwiderte seinen Blick, lächelte wieder. Immer noch sagte sie nichts, beugte sich nur zu ihm und sie tauschten einen langen, innigen Kuss.

Ihre Lippen schienen sich auf seine zu brennen, seine Synapsen zündeten ein ganzes Feuerwerk. Er war völlig überrascht von seinen eigenen Empfindungen. Dieses Mädchen hatte es ihm wirklich angetan.

Sein Atem ging schwer als sie sich wieder lösten. Auch Alinas Mund war leicht geöffnet und er spürte ihren Atem auf seiner Haut, ihr Gesicht ganz dicht vor seinem.

Schon wieder schenkte sie ihm diesen dankbaren Augenaufschlag, der ihm das Gefühl gab der begehrenswerteste Mann der Welt zu sein und ihn fast um den Verstand brachte.

„Ich habe dich gerade so unglaublich nötig...", sprach sie mit gebrochener, kehliger Stimme.

Er sagte nichts. Er konnte nichts sagen, sah sie nur an.

„Gib mir eine Viertelstunde", raunte sie, als seine Antwort auch weiter ausblieb und griff nach einer der zahlreichen Einkaufstüten.

Prima Donna prangte in geschwungener Schrift auf der Oberfläche. Es war eine mittelgroße Tüte und sicherlich die teuerste. Alina hatte gelacht, als er ihr vorgeschlagen hatte bei H&M Unterwäsche zu kaufen. „Da gibt es leider nichts, was mir passt", war ihr Kommentar gewesen. Kurze Zeit später hatten sie in der Filiale von Prima Donna gestanden, einem Geschäft das sich auf Übergrößen spezialisiert hatte.

„Das Alphabet von euch Männern geht auch echt nur bis „D", oder? Sobald Frauen große Brüste haben: ‚Das muss „D" sein!'", hatte sie lachend gestichelt.

Sie hatte sich drei BHs ausgesucht, zwei schwarzen und einen weißen, alle in der Größe „F". Keiner von ihnen hatte unter neunzig Euro gekostet, und natürlich hatte sie noch die passenden Höschen gebraucht. Die Erklärung über BH-Größen hatte Julian artig abgenickt, hatte sich aber mehr selbst beglückwünscht, mit einem Mädchen mit solchen Brüsten zu schlafen, als ihr wirklich zuzuhören.

Jetzt sah Julian ihr hinterher, wie sie sich aus dem Auto schwang und mit der Tüte in der Hand das Haus betrat. Er ließ sich Zeit, streckte sich, sog genussvoll die warme Luft ein, die nach frisch gemähtem Gras und heißem Asphalt roch. Dann schlenderte er hinter Alina her, die er im oberen Stockwerk bereits nur noch hören konnte und ging in die Küche. Er versuchte sich ruhig zu halten, war aber ungewöhnlich aufgeregt. Unruhig ging er in der Küche auf und ab, tigerte förmlich umher, umrundete den Tresen. Alle 30 Sekunden guckte er auf die Uhr, konnte es gar nicht erwarten, bis die von Alina geforderte Viertelstunde um war.

Endlich ruckte der Minutenzeiger nach vorne. Auf die Sekunde genau hechtete Julian los, durch den Flur, die Treppe nach oben, immer zwei Stufen auf einmal nehmend. Er ging auf die Schlafzimmertür zu. Sie stand einen Spalt breit offen. Sacht stieß er mit den Fingerspitzen der gespreizten linken Hand dagegen und sie schwang auf.

Alle Jalousien waren heruntergelassen, dennoch war das Zimmer hell erleuchtet. Alina hatte drei Stehlampen entzündet, die ein warmes, gelbes Licht im Raum verteilten und scharfe Schatten warfen. Die Deckenleuchte brannte nicht.

Alina stand vor dem großen Standspiegel in der hinteren rechten Ecke des Raumes. Als sie ihn eintreten hörte, drehte sie sich zu ihm. Es war das erste Mal, dass Julian wirklich absolut fassungslos war. Er stand da und starrte, glotzte sie förmlich an, voller Unglauben und Faszination.

Dieses Mädchen war wirklich unbeschreiblich, so verboten, so böse und verrucht, so absolut wunderbar. Sie trug ein Hochzeitskleid. Das Hochzeitskleid seiner Frau.

Es war ein klassisches Hochzeitskleid ohne Träger und mit feinen, aufgenähten Spitzendetails. Der schwere, weiße Stoff fächerte unten auf und gab dem Kleid die klassische Kegel-Form. Die Details aus Spitze waren immer wieder mit kleinen, minderwertigeren weißen Edelsteinen versetzt und im matten Licht, das im Zimmer herrschte, funkelte das Kleid. Alina trug sogar das Diadem seiner Frau in den Haaren, an dem der lange, durchsichtige Schleier befestigt war. Auf weiteren Schmuck hatte sie verzichtet. Sie sah wirklich wie eine Prinzessin aus, ging es Julian durch den Kopf. Natürlich viel nuttiger, als die Märchenversionen.

Da die Oberweite des Kleides auf das C-Körbchen seiner Frau zugeschnitten war, quollen Alinas viel zu große Titten überall hervor, gleichzeitig wurden sie weit nach oben, bis zu ihrem Schlüsselbein gepusht. Alina sah so erotisch und verlockend aus, wie nie zuvor.

„Gefalle ich dir?", frage sie.

„Ja", brachte er mühsam hervor, starrte sie weiter an.

Sie kam auf ihn zu, langsam und bedächtig. Julian schluckte. Er wusste nicht, was er tun sollte. Alina schon. Als sie bei ihm ankam, ging sie ohne Zeit zu verlieren auf die Knie und begann, seine Hose zu öffnen.

Er sog die Luft ein, japste auf als sein längst steinharter Schwanz in die Freiheit sprang und Alina ihn sofort mit beiden Händen umfasste.

Sie blickte zu ihm hoch, diese großen, blauen Augen, unter ihr ein Meer aus weiß, das Kleid floss über den Boden, funkelte aus den tausend kleinen Edelsteinen. Und mittendrin diese Augen.

Alinas Blick strahlte eine ungemeine Entschlossenheit, Ernsthaftigkeit aus, gleichzeitig verrieten ihre geröteten Wangen ihre Erregung.

Sie schürzte die Lippen und setzte sie sanft an seiner Schwanzspitze an. Sie küsste seine Eichel, ließ ihre Zunge sporadisch über sie fahren, nuckelte sanft und bedacht an seinem Teil. Dabei war ihr Blick die ganze Zeit auf ihn gerichtet, ununterbrochen blickte sie zu ihm hoch. Diese wunderschönen blauen Augen.

Der Anblick der sich ihm bot saugte ihn in seinen Bann, alles schien dumpf und verschwommen: das

Zimmer, die Geräusche. Nur Alinas Augen und ihre Lippen an seiner Schwanzspitze hatten noch Bedeutung.

Sie liebkoste ihn, lutschte mit sanftem Druck an seinem Ding. Sein Schwanz zitterte vor Erregung unter ihrer Behandlung, sein ganzer Körper zitterte, wie er jetzt bemerkte. Das Zittern wurde stärker. Er hielt es nicht aus. Es war zu geil. Alles, Alina in dem weißen Kleid, ihre Lippen, ihre zarten, weichen, sanften Lippen an seinem Schwanz, die ganze Situation; es turnte ihn unfassbar an. Er kam.

Sein Orgasmus bahnte sich kaum an, er überfiel ihn plötzlich, sein Schwanz explodierte förmlich vor Lust. Sein Zeug schoss aus ihm raus und spülte gegen Alinas Lippen.

Sie erschrak zunächst, als er so plötzlich abspritzte, fing sich aber schnell. Immer noch hatte sie beide Hände an seinem Schaft und rieb seine Eichel jetzt mit sanftem Druck durch ihr Gesicht, über ihre Wangen, ihre kleine, schöne Nase, ihre Lippen, ihr Kinn. Sein Sperma lief aus ihm heraus, und verteilte sich in ihrem ganzen Gesicht, floss ihre Wangen hinab und tropfte von ihrem Kiefer über ihren Hals auf ihren Ausschnitt, auf das Kleid und auf den Boden.

Julian verkrampfte sich schubhaft, stöhnte laut und genüsslich und genoss es, das Gesicht dieses jungen Mädchens einzusauen.

Als sein Orgasmus schließlich abebbte, troff Alinas gesamtes Gesicht von seinem Zeug. Er war so viel gekommen, wie nie zuvor; stellenweise war Alinas Haut unter seinem dickflüssigen Sperma überhaupt nicht mehr zu sehen.

Julian lehnte an der Wand, seine Knie zitterten. Immer noch sprach keiner von ihnen ein Wort. Alina löste die rechte Hand von seinem Schwanz. Sie leckte sich die Lippen und schaufelte sich mit der freien Hand auch das Sperma, das noch auf ihren Wangen und ihrem Kinn klebte in den unersättlichen Schlund. Ihre verschmierten, feucht glänzenden Titten ließ sie unangetastet.

Julians Schwanz begann langsam in sich zusammenzusacken, nachdem der erste Schub seiner Lust entladen worden war. Auch Alina bemerkte das. Wieder verlor sie keine Zeit.

Sie riss den Mund auf und schluckte seinen Schwanz ohne Umschweife. Sie trieb sich sein Teil tief in die Kehle, mit herausgestreckter Zunge und nach außen gestülpten Lippen ruckte ihr Kopf, so weit es ging, nach vorne, sodass sie seine Leiste fast berührte. Die klebrig feuchte Enge ihres Rachens umfing Julians Schwanz und schickte sein Hirn in den nächsten Rausch.

Er packte ihren Hinterkopf und drückte sie noch näher an sich. Alina hustete, keuchte und hechelte unter dem Druck seines dicken Schwanzes in ihrem Rachen. Jedes Mal, wenn sie sich kurz von seinem Teil löste, waren ihre Wangen mehr gerötet.

Aber ihre Bemühungen zeigten Wirkung. Nach wenigen Minuten war sein Schaft wieder genauso prall und hart, wie vor seinem Orgasmus.

Zufrieden blickte sie auf ihr Werk und lächelte verschmitzt. Dann stand sie auf, reckte sich zu ihm hoch und küsste ihn kurz auf den Mund.

„Zieh' dich aus", befahl sie sanft und wandte sich um. Julian gehorchte sofort und riss sich sein Hemd über den Kopf, während Alina zum Bett schritt.

Er strampelte hastig und voller Ungeduld die Jeans von seinen Beinen und stolperte hinter ihr her. Sie kroch aufs Bett, auf allen vieren und blieb in dieser Position. Julian stand nackt hinter ihr, sein Schwanz stand steif und stolz in die Höhe. Alina blickte über die Schulter nach hinten.

„Schieb das Kleid hoch."

Er ging den letzten Schritt zum Bett, kniete sich hinter sie auf die Matratze. Er fasste nach dem Saum des Hochzeitskleides und streifte es nach oben.

Das Hochzeitskleid seiner Frau, das seine Schülerin trug, seine Affäre, das Mädchen, das er jetzt gleich ficken würde. Er schob den schweren, steifen Stoff über Alinas Hüfte. Ein lustvolles Schnauben entfuhr ihm, als er ihren prallen, jugendlichen Arsch erblickte. Sie hatte sich offensichtlich, passend zu dem Hochzeitskleid, für das weiße Unterwäsche-Set entschieden. Der String aus feiner Spitze verschwand zwischen ihren runden Arschbacken.

Gierig fuhr Julian mit den Fingern unter den Stoff, hob ihn zwischen Alinas Backen hervor und schob ihn zur Seite.

Mit beiden Händen spreizte er ihre Arschbacken.

„Jaah, leck mich...", hauchte Alina dumpf.

Lüstern vergrub er sein Gesicht in ihrem Hinterteil. Er sog den Duft ihrer bereits überlaufenden Muschi ein. Er teilte mit seiner Zunge ihre Schamlippen und leckte sie, schlabberte sie förmlich ab, biss immer wieder sanft in ihren Hintern und walkte ununterbrochen ihr junges Fleisch mit seinen Händen durch.

Alina ließ ihr Becken in kreisenden Bewegungen rotieren und presste sich ihm so entgegen. Ihr Gesicht hatte sie in die Decke gedrückt, dumpf drang ihr Stöhnen an seine Ohren. Immer wieder fuhr er mit der Zunge durch ihre nasse Spalte, verlangend. Mit dem Daumen der rechten Hand bearbeitete er ihren Kitzler, rieb ihn mit sanftem Druck in kreisenden Bewegungen.

Sein Schwanz pochte und pulsierte, es verlangte ihm danach, ihn Alina von hinten tief in den Leib zu rammen, in sie zu stoßen - er wollte sie, ihren Körper, ihren jugendlichen, betörenden Körper.

Er leckte sie weiter, vergrub seine Zunge so tief es ging in ihrer Muschi und erhöhte die Geschwindigkeit, mit der er ihre Muschi massierte.

Seine Anstrengungen zeigten Wirkung, nach nur wenigen Minuten zuckte und japste Alina unter einem heftigen Orgasmus.

„Fick mich!", schrie sie fast, als die Spasmen nachgelassen hatten, „bitte, fick mich!"

Julian stand sofort auf. Die linke Hand legte er auf ihren Arsch, mit der Rechten umfasste er seinen Schwanz und dirigierte ihn an Alinas triefende Fotze.

Er befeuchtete seine Schwanzspitze mit Alinas Säften, teilte sacht ihre Schamlippen.

„Halt", unterbrach sie ihn plötzlich.

Er hielt inne. Er blickte nach vorne. Alinas Oberkörper lag noch immer auf der Matratze, nur ihr Hinterteil hatte sie ihm entgegen gereckt. Er wusste nicht, woher sie die hatte, aber mit einem Mal reichte sie ihm eine große Tube nach hinten. Julian nahm sie entgegen und drehte sie so, dass er den Schriftzug lesen konnte.

„Condomi Gleitgel", prangte in grauer Schrift auf der weißen Flasche.

Alina ersparte ihm die Frage, die er grad stellen wollte.

„Fick mich in den Arsch", hauchte sie.

Einen Moment lang glaubte Julian, sich verhört zu haben. Dann wurde er sehr hektisch. Mit fahrigen Bewegungen öffnete er den Deckel der Tube. Seine Finger waren immer noch glitschig von Alinas feuchter Muschi und das Gleitgel rutschte ihm fast aus der Hand.

Er drehte die Flasche um und hielt sie über Alinas Arsch. Ihr enges, rosa Arschloch zog sich kurz zusammen, als er die kalte Flüssigkeit aus der Tube drückte. Er schmiss die Flasche achtlos zur Seite, als er genügend Gleitgel auf ihren Hintereingang geträufelt hatte und begann sofort damit, die Creme zu verschmieren. Zunächst verrieb er das Gel nur äußerlich, aber dann steckte er erst einen, dann zwei, und schließlich drei Finger in ihren engen Arsch.

Es schmatzte laut, während er das Gleitmittel tief in ihren Arsch einmassierte.

Alina stöhnte bereits wollüstig, während er sie vordehnte. Aber er konnte sich nicht lange zurückhalten. Nach ein paar Minuten zog er seine Finger aus ihr heraus.

Ihr Arschloch klaffte einige wenige Zentimeter weit offen: ein dunkles, verheißungsvolles Loch, das nach seinem Schwanz verlangte. Julian leckte sich die trockenen Lippen und richtete sich auf. Er brachte sich hinter ihr in Position und legte seinen Schwanz an ihrem Arsch an.

„Sei bitte vorsichtig", ermahnte Alina ihn leise, „ich wurde noch nicht oft in den Arsch gefickt. Und schon gar nicht von einem so großen Schwanz."

Julian nickte hastig. Fragend sah er sie an. Sie erwiderte seinen Blick über ihre Schulter hinweg.

Ihre großen, blauen Augen. „Jetzt schieb ihn mir rein."

Mit diesen Worten drehte sie sich nach vorne. Julian atmete erleichtert aus. Endlich. Er übte leichten Druck aus und dann.... dann glitt sein Schwanz in das Arschloch seiner Schülerin.

Er betrog seine Frau auf die denkbar gemeinste Art und Weise: er fickte seine Schülerin in den Arsch, seine Schülerin, die das Hochzeitskleid seiner Frau trug.

Alina stöhnte lang und anhaltend, während er sein Teil tiefer in sie schob. Tiefer und immer tiefer. Als er bis zur Wurzel in ihr steckte, war Alinas Stöhnen fast ein Quieken.

Er hielt inne, gab ihr einen Moment, sich daran zu gewöhnen. Dann zog er ihn wieder raus, langsam, genüsslich, Zentimeter um Zentimeter.

Ihr Arschloch stülpte sich ganz leicht nach außen, während er seinen Schwanz Stück für Stück zurückzog. Ein unglaublich erregender Anblick.

Wieder ließ Alina ein andauerndes Wimmern hören. Es klang aber nicht so, als würde sie vor Schmerz wimmern. Sie genoss es. Sie genoss es, von ihm gedehnt zu werden, von ihrem Lehrer. Sie wollte seinen Schwanz in ihrem Arsch und sie wollte von ihm durchgenommen werden.

Julian wiederholte dieses Spiel ein Dutzend Male und nahm dabei zunehmend Tempo auf. Mit jedem Mal wurde er etwas schneller; zog seinen Schwanz raus und presste ihn ihr wieder rein. Raus und rein, raus und rein. Ihr enger Arsch umschloss seinen Schwanz fest und irgendwann begann sie, ihm entgegen zu arbeiten.

Sie schob ihm ihr Hinterteil entgegen, mit jedem Mal, das er zustieß, und drückte sich nach vorne, wenn er seine Hüfte zurückzog. Bald schon klatschte ihr Fleisch laut und vernehmlich aufeinander.

„Du fickst mich gerne in den Arsch, oder?", fragte Alina. „Du magst es, mir deinen Schwanz in mein armes, enges Arschloch zu rammen."

„Ja, ja das tue ich", gab Julian zurück.

Sein Atem ging schwerer. „Los, gib's mir! Vergewaltige meinen Arsch, benutz mich, benutz meinen Körper! Dir gefällt mein Körper doch?"

„Ja! Ja, ich liebe deinen Körper!" Julians Schwanz pochte, während er ihn weiter von hinten in ihren Arsch trieb.

„Gefalle ich dir? Gefällt dir mein Körper besser, als der deiner Frau?"

„Viel besser! Ich liebe es dich zu ficken, du versaute, kleine Nutte!"

Das Pochen in seinem Schwanz wurde stärker.

„Ja! Ich bin deine Nutte, deine kleine Schlampe! Fick mich schön durch, besorg's mir! Mach mit mir, was du willst! Ich gehöre dir!"

Julian erhöhte das Tempo, stieß noch härter in sie. Er hatte seine Hände an ihre Hüfte gelegt und zog sie jedes Mal zu sich, wenn er in sie hämmerte. Das Pochen in seinem Schwanz war mittlerweile ein dumpfes Vibrieren, seine Schwanzspitze war völlig überreizt von dem betörenden Gefühl, dieses engen, jungen Arschlochs, das sich um sein Ding stülpte.

„Ich komme gleich", kündigte er sich an.

„Ja!", jubelte Alina, „ich will dein Zeug! Wohin willst du es mir spritzen, hm?"

„Deinen Mund, ich will dir in dein gieriges Maul spritzen!"

Er zog sein Teil aus ihrem Arsch. Ihr Arschloch klaffte noch weiter offen, als vorhin, als er es mit seinen Fingern vorgedehnt hatte.

Alina wirbelte herum und drängte ihn dann zurück. Er trat vom Bett zurück, so weit, dass Alina sich vor ihm auf den Boden knien konnte. Sie rückte ganz nah an ihn heran. Mit der Rechten fasste sie sein steinhartes Teil und bog es nach oben. Genussvoll leckte sie seinen Schaft entlang. Seinen Schwanz, der eben noch in ihrem Arsch gesteckt hatte.

Herausfordernd schaute sie zu ihm hoch.

„Magst du, was du siehst?"

Er konnte nur nicken. Sein Schwanz vibrierte immer stärker, sein Unterleib begann, sich zu verkrampfen. Seine Augen wanderten an ihr hinab. Von ihrer Zunge, die seinen Schwanz gierig und lustvoll ableckte, über ihren Hals und ihre Titten, die aus dem Kleid quollen, bis zum Rest ihres Körpers, der in einer Flut aus glitzerndem Weiß verschwand.

Alina bemerkte seinen Blick.

„Gefalle ich dir in dem Kleid?", fragte sie.

„Ja", hauchte er. „Zeig mir deine Titten", fügte er dann hinzu.

Sie lächelte, ihr Gesichtsausdruck hatte etwas Triumphierendes. Mit beiden Händen fasste sie die Schalen des Kleides, die für ihre Titten so offensichtlich zu klein waren. Kurz verkniff sie die Lippen und zog angestrengt, dann ertönte ein scharfes Reißen. Der teure Stoff zwischen den beiden Schalen riss auf. Das Kleid klappte nach unten und Alinas Titten fielen in die Freiheit. Ihre großen, jugendlichen, weichen Titten.

Julian stöhnte geil auf, als er sah, wie Alina das Andenken an die Hochzeit von ihm und seiner Frau so völlig selbstverständlich und hemmungslos schändete.

Mit der linken Hand begann sie, ihre Titten durchzukneten, dann widmete sie sich wieder seinem Schwanz.

„Los, blas ihn mir", befahl er, „blas meinen Schwanz, säubere ihn von deinem Arsch, los!"

Sie gehorchte sofort. Gierig trieb sie ihn in ihren Mund, ließ ihn in ihren Schlund gleiten und saugte, lutschte und nuckelte so ausdauernd und heftig an seinem Teil, dass es auch dieses Mal nicht lange dauerte.

Wieder einmal war es die Szenerie, die Julian so verrückt vor Lust machte. Alina merkte, dass er gleich wieder so weit war.

Sie ging dazu über, seinen Schwanz mit ihren Händen zu bearbeiten, sie wichste ihn, gleichzeitig schürzte sie die Lippen, ohne den Mund zu öffnen und drückte ihre Schnute gegen seine Eichel.

Nur den Eichelschlitz umschloss sie mit den Lippen. Als er seinen zweiten Höhepunkt an diesem Abend erlebte, schwemmte sein Sperma gegen ihre geschürzten Lippen und troff sofort über ihr Kinn.

Es war nicht so viel, wie bei seinem ersten Orgasmus, aber dennoch waren Alinas Titten komplett mit seinem klebrigen Zeug eingesaut, als sie die letzten Tropfen aus seinem Schwanz gepresst hatte. Nach diesem doppelten Finale musste er verschnaufen, aber weil Alina noch nicht auf ihre Kosten gekommen war, machte sie einfach ohne ihn weiter.

Während sie auf dem Bett saß und sich einen Dildo in ihre Löcher trieb, fotografierte er sie und wichste langsam seinen Schwanz wieder hoch.

Sie trieben es danach bis tief in die Nacht und als sie endlich völlig fertig, aber absolut befriedigt nebeneinander ins Bett sanken, war das Hochzeitskleid fast nicht mehr als solches zu erkennen.

Während Julians Sperma und Alinas Säfte und Schweiß auf dem zerrissenen Stoff trockneten, schlief er so tief und zufrieden, wie nie zuvor.

Die wenigen restlichen Wochen bis zu den Sommerferien vergingen und Herr Hartmann hatte das Gefühl, in einer Traumwelt zu leben.

Seine Affäre mit Alina hielt weiter an und verlor nichts von ihrer Intensität. Sie trieben es wann immer sie konnten, und wo immer sie konnten.

In der Schule im Keller, im Besprechungszimmer, nachts auf dem Schulhof, bei ihm, wenn seine Frau verreist war oder sie trafen sich in Hotels, wenn es gerade keine andere Möglichkeit gab.

Alina erfüllte ihm seine sehnlichsten Wünsche und Herr Hartmann hatte zunehmend Probleme, sich seiner Frau sexuell ausreichend zuzuwenden.

Sie schien zwar nichts zu ahnen, äußerte sich aber mehrmals enttäuscht, wenn sie sich abends verlangend an ihn schmiegte und ihr Mann mit keiner Erektion aufwarten konnte.

Herr Hartmann beschwor dann immer seine Arbeit als Grund für diese Ausfälle und versprach stets, es am nächsten Morgen wieder gut zu machen. Es waren jene Momente, in denen er sich noch schuldig fühlte. Von diesen Situationen abgesehen, war sein Gewissen wie ausgeknipst und er verschwendete für gewöhnlich keinen einzigen weiteren Gedanken an seine Frau.

Der Sex mit ihr schien ihm fad und langweilig geworden zu sein, dabei war er, bevor er sein Verhältnis mit Alina eingegangen war, mit seinem Sexleben immer mehr als zufrieden gewesen.

Aber mit dieser ruchlosen, notgeilen Teenager Braut konnte seine Frau einfach nicht mithalten.

Alina schien ihn zu beleben, die Farben wirkten greller und satter, als hätte jemand die Farbsättigung erhöht, er schien Gerüche und Gefühle viel intensiver wahrzunehmen als früher.

Alles war auf Maximum gedreht, er fühlte sich jung und stark, machte noch mehr Sport, als sowieso schon und schien immer gut gelaunt zu sein. Alina machte ihn glücklich. Nicht nur, was den Sex betraf. Er war gerne bei ihr, redete mit ihr und offensichtlich ging es ihr ganz ähnlich.

Herr Hartmann war sich mittlerweile sicher, dass er nicht einfach nur verknallt war. Er hatte sich verliebt.

Bisher hatte er mit Alina noch nicht über seine Gefühle gesprochen, er fürchtete sich davor. Ihr zu gestehen, was er empfand, bedeutete auch ein Geständnis ihm selbst gegenüber. Er würde schwach und verletzlich sein und er wusste nicht, ob Alina seine Empfindungen wirklich erwiderte. Er hatte Angst, sie würde ihre Beziehung beenden, wenn er mehr wollte, sie aber nicht.

Diese Gedanken beschäftigten ihn zumeist nur, wenn er nicht mit ihr zusammen war. Wenn sie sich trafen, überstrahlte Alina seine Sorgen jedes Mal.

So vergingen die Wochen, und die Sommerferien brachen an. Das bedeutete für Herr Hartmann viel Freizeit, genau wie für Alina.

Nicht jedoch für seine Frau. Sie würde sich zwar mitten in Herr Hartmanns Ferien zwei Wochen frei nehmen, damit sie zusammen, wie jedes Jahr, nach Korsika fahren konnten. Aber bis dahin dauerte es noch etwas.

Alina und er nutzten die viele freie Zeit und trafen sich fast täglich. Sobald seine Frau aus dem Haus war, holte er Alina ab. Manchmal war sie dann auch schon da, wenn sie es gar nicht erwarten konnte.

Dann kam sie früh morgens mit dem Bus und wartete anschließend an der Bushaltestelle, bis seine Frau an ihm vorbeifuhr.

Alina mochte es, die Unterwäsche seiner Frau anzuziehen. Und er mochte es auch. Das machte den Verrat an seiner Frau irgendwie größer und heizte die Situation jedes Mal noch weiter auf. Allerdings bedeutete es für Herr Hartmann viel Arbeit mit der Wäsche. Er musste dafür sorgen, dass die Höschen seiner Frau von den Flecken gesäubert und getrocknet im Schrank lagen, wenn sie nach Hause zurückkam.

Das Hochzeitskleid hatte Julian entsorgt. Er hatte kurz überlegt, es flicken zu lassen, hatte sich aber schnell wieder von dem Gedanken distanziert. Erstens bestand das Kleid nur noch aus Fetzen und würde wahrscheinlich nie wieder so aussehen, wie früher. Und zweitens wollte er sich die Fragen ersparen, die ihm ein Schneider sicherlich stellen würde, wenn er mit einem so teuren Kleid in einem solch katastrophalen Zustand bei ihm aufschlagen würde.

Seine Frau hatte das Fehlen bereits gemerkt und es war eine aufreibende Situation gewesen, als sie im ganzen Haus danach gesucht hatte. Herr Hartmann hatte die ganze Zeit versucht, möglichst ratlos zu wirken und sich oberflächlich an der Suche beteiligt.

Schließlich hatte seine Frau resigniert aufgegeben und das Fehlen auf ihren Umzug vor zwei Jahren geschoben.

„Und dabei war ich sicher, ich hätte es in Folie verpackt in einem Karton aufbewahrt."

Herr Hartmann war dankbar, dass Alina ihm geraten hatte, eben jenen Karton ebenfalls loszuwerden. Seine Frau war sehr traurig über den Verlust gewesen. Herr Hartmann allerdings war froh, dass sie der Sache nicht weiter auf den Grund ging.heute würden er und Alina das erste Mal seit fünf Tagen miteinander schlafen können.

Sie hatte ihre Tage gehabt und obwohl auch Julian sich mittlerweile eingestehen musste, dass er versauter war, als er es von sich selbst gedacht hatte, zogen sie hier beide die Grenze. Es mit Kondom zu tun kam ebenfalls für keinen von beiden in Frage, das war einfach nicht das Wahre.

Schon bevor er mit Alina gefickt hatte, hatte er die engen Gummis verabscheut. Es waren meistens nicht mehr als zehn Sekunden, für die man das Vorspiel unterbrechen musste um dann wirklich zur Sache schreiten zu könnte. Aber es hatte immer gereicht, um Julians Lust einen deutlichen Dämpfer zu versetzen.

Vielleicht lag es auch daran, dass es schwierig war, Produkte zu finden, die ihm wirklich passten. Die meisten waren ihm einfach zu eng, auch wenn er die Kingsize-Ausführungen kaufte.

Er saß gerade am Frühstückstisch und wippte unruhig mit dem Bein, als seine Frau aus dem Bad nach unten kam. Sie war ein wenig spät dran und in Eile und Julian war dankbar, dass ihre Verabschiedung nur als schneller Wangenkuss ausfiel. Als sie fort war, zückte er sofort sein Handy und gab Alina Bescheid.

Sie war heute wieder mit dem Bus gekommen, weil sie es beide nicht erwarten konnten. Sie jetzt noch abholen zu müssen, hätte bedeutet, noch über eine halbe Stunde zu warten. Das wäre die pure Folter gewesen. Julian war ohnehin überrascht, dass der Esstisch nicht kippelte, an dem er die Zeit abgesessen hatte, bis seine Frau endlich weg war. Er hatte einen gewaltigen Ständer, eigentlich schon, seit er aufgewacht war.

Wenige Minuten, nachdem er die Nachricht verschickt hatte, klingelte es an der Tür. Die Bushaltestelle war glücklicherweise nur ein paar hundert Meter entfernt. Als er die Tür öffnete, stürzte Alina ihm förmlich in die Arme. Mit der Linken drückte er die Tür zu, mit der Rechten zog er Alina an ihrer Taille ganz dicht an sich heran und presste sein steifes Teil an ihre Leiste. Sie versanken in einem innigen Zungenkuss und als sie sich schließlich lösten, ging ihr Atem bereits schwer und verlangend.

„Gott, habe ich dich nötig", keuchte Julian kurz, ließ Alina aber keine Zeit für eine Erwiderung.

Er drückte sie nach unten und strampelte sich noch währenddessen seine Jogginghose aus. Sein Schwanz sprang in Alinas Gesicht und sie grinste zu ihm hoch, bevor sie ihn blies. Erleichtert atmete Julian auf und sank nach hinten gegen die Wand. Obwohl er oft gebettelt hatte, wenn Alina ihre Tage hatte blies sie ihm keinen.

„Das macht es für mich einfach nur noch viel unerträglicher!", hatte sie erklärt. „Deinen geilen, fetten Schwanz zu blasen, aber ihn mir nicht reinschieben können, das geht nicht. Du musst mit mir zusammen warten."

Ihm war nichts anderes übriggeblieben, als das so hinzunehmen und bis jetzt hatte Alina Wort gehalten.

Aber jetzt, jetzt konnte er ihr endlich wieder dabei zusehen, wie sie gierig seinen prallen Schwanz abschleckte. Er liebte es, wenn sie ihm einen nassen Blowjob gab: wenn der Speichel ihr aus dem Mund gurgelte und sein ganzer Schwanz tropfte.

Sein Schwanz jubelte und in seinem Hirn ging ein Feuerwerk, als dieser geile Engel endlich wieder tat, was er am besten konnte. Ihr Kopf ruckte vor und zurück, während ihr Sabber ihr über das Kinn lief und nach unten troff. Eine Hand lag an seinem Schaft und zwischen den Fingern spannten sich längst dünne Fäden aus Geifer. Julian genoss die erlösende Behandlung, merkte aber schnell, dass er mehr brauchte. Er brauchte diesen straffen, jungen Körper jetzt unter seinen Händen. Er wollte ihre Haut spüren und er wollte ihr lustvolles Geschrei hören, wenn er in sie hämmerte. Er zog sie wieder nach oben und küsste sie erneut lang und innig.

Dann sagte er: „Zieh dich jetzt aus, ich will dich."

Sie sah ihn an und mit einem Mal merkte er, dass etwas nicht stimmte. Alina biss sich auf die Unterlippe und hatte einen schuldbewussten Gesichtsausdruck aufgesetzt.

„Was ist los?", fragte Julian völlig verdutzt.

Alina verzog das Gesicht. „Ich habe vergessen, mir die Pille neu zu bestellen.", gestand sie dann.

Julian heulte übertrieben auf, spielte seine Enttäuschung aber nur zum Teil.

„Es ist mir gestern Abend erst aufgefallen!",
rechtfertigte sie sich, „ich dachte ich hätte noch eine
Packung, aber ich habe mich vertan."

„Scheiße", fasste Julian die Situation zusammen.

„Ja, allerdings scheiße", lachte Alina betreten. „Das
Allerblödeste ist, dass die Frauenärztin gerade im
Urlaub ist... die kommt erst in 'ner Woche wieder."

Julian schlug sich die Hand gegen die Stirn.

„Und jetzt?", fragte er und deutete betreten auf seinen
mächtigen Ständer.

Alina lachte laut und hell auf, dann gab sie ihm einen
Kuss.

„Naja, weil ich's ja verkackt hab' und vergessen hab',
mir die neu zu bestellen, mache ich heute mal eine
Ausnahme. Ich habe ja noch zwei andere Löcher, an
denen du dich abreagieren kannst"

Ihre Hand lag bereits wieder an seinem Schwanz,
während sie das sagte, und sie blickte ihn ernst und
herausfordernd an. Julian schluckte.

„Okay", konnte er nur sagen.

Alinas Arsch schien ihm ein guter Ersatz. Es war zwar
noch befriedigender, wenn er, nachdem er sie anal
genommen hatte, auch in ihre Muschi stoßen konnte,
aber das war besser als nichts. Sie ging jetzt
rückwärts, zog ihn praktisch an seinem Schwanz aus
dem Flur ins Wohnzimmer. Julian streifte sein T-Shirt
über den Kopf und Alina strich mit der freien Hand
über seine Brust, während sie ihn wieder küsste und
weiterführte.

Vor dem Esstisch blieb sie stehen. Sie hielt nur kurz inne, dann schwang sie die Beine hoch und hievte sich auf die Tischplatte. Sie legte sich auf den Rücken und rutschte so, dass ihr Kopf über das kurze Ende der Tischplatte hinaus nach unten hing. Sie musste nichts sagen, sperrte nur ihren Mund weit auf und streckte die Zunge heraus.

Julian trat an sie heran, und schob ihr seinen Schwanz ohne weitere Umschweife in ihren Hals. Er keuchte glücklich auf. Diese Position war neu für ihn und er war begeistert davon, wie genau er sehen konnte, wo sein Schwanz in Alinas Rachen eindrang. Er machte ein paar sachte Stoßbewegungen, drei, vier Mal, dann zog er sein Teil wieder aus ihrem Schlund.

Er wiederholte diesen Vorgang, legte dabei seine beiden Hände sanft auf ihren Hals. Adern und Sehnen traten gut sichtbar hervor, wenn er in sie drang und er spürte die Dehnung seines Schwanzes unter seinen Händen. Er schloss die Augen und konzentrierte sich ganz auf seine Empfindungen. Alina lag einfach nur da, bot sich ihm an und überließ ihm das Heft.

Aus Gründen, die er nicht genau erklären konnte, mochte er es, wenn sie manchmal einfach nur so unbeteiligt da lag. Alinas junger, jugendlicher Körper, der nur dafür da war, dass er seinen Schwanz in ihre Löcher schieben konnte. Das entfremdete sie auf eine gewisse Weise, machte aus ihr ein Objekt, das nur existierte, um seine Lust zu stillen.

Nach ein paar Minuten zog er seinen Schwanz aus ihrer Kehle. Er bedeutete ihr sich umzudrehen. Alina wälzte sich auf den Bauch, sodass nur noch ihr Oberkörper auf der Tischplatte lag, ihre Füße standen auf dem Boden.

Julian knetete kurz ihren Arsch durch. Mit beiden Händen walkte er ihre prallen Backen. Alina trug heute eine hautenge, dunkle Jeans. Gott, er war jedes Mal aufs Neue fasziniert davon, wie straff dieser Arsch war. Er griff um Alinas Hüfte herum und öffnete ihren Hosenknopf und den Reisverschluss.

Immer noch lag sie einfach nur da und ließ ihn machen, sagte kein Wort.

Er zog ihr Jeans und Höschen in einem runter, bis an die Fußknöchel, sodass er sich hinhocken musste. Ihr Arsch war jetzt genau vor ihm. Er vergrub sein Gesicht zwischen ihren Backen, spreizte ihre Arschbacken mit beiden Händen und leckte sie gierig.

Er fuhr mit der Zunge über ihre Muschi, die bereits feucht schimmerte, höher, über ihren Damm und bis zu ihrem engen, kleinen Arschloch. Er leckte ihren Hintereingang, massierte ihn mit seiner Zunge.

Kurz zog er den Kopf zurück und spuckte ihr auf ihre Löcher. Mit der rechten Hand verrieb er den Speichel.

Jetzt konnte Alina doch nicht mehr ganz an sich halten, sie hatte begonnen unter seiner Behandlung leise zu stöhnen. Er machte weiter, vergrub sich zwischen ihren Arschbacken, sog den Geruch ihrer Muschi ein, leckte ihren Kitzler und teilte ihre Schamlippen mit seiner Zunge, um ihre Körperöffnung noch tiefer und intensiver auslecken zu können.

Alinas Stöhnen wurde lauter. Auch Julian konnte sich jetzt langsam nicht mehr beherrschen. Fünf Tage - es war einfach zu lange her. Er richtete sich auf.

„Ja", seufzte Alina dankbar, als sie seine pralle Eichel an ihrem Arschloch spürte.

Er übte leichten Druck aus. Noch etwas mehr... dann flutschten die ersten Zentimeter seines Schwanzes in ihren Arsch. Er stöhnte gepresst, auch Alina spannte sich kurz an.

Obwohl er sie mittlerweile regelmäßig in den Arsch fickte, war es für sie immer wieder eine gewisse Anstrengung, sein dickes Teil in sich aufzunehmen.

Er erhöhte den Druck und glitt langsam tiefer in sie. Alina spannte sich noch einmal etwas an, kurz bevor er komplett in ihr war, wurde dann aber sofort lockerer. Langsam begann er in sie zu stoßen. Immer noch leicht feucht von Alinas Kehlenfick und seinem eigenen Speichel, den er auf ihrem Arschloch verteilt hatte, schmatzte sein Schwanz in ihrem Arsch.

Langsam wurde er schneller, immer heftiger nahm er sie von hinten. Alina schrie vor Lust, johlte und japste unter seinen Stößen.

Er liebte es, ihren engen Arsch zu spreizen. Sie erfüllte ihm jeden Wunsch, sogar solche, von denen er selbst nichts gewusst hatte. Er war wie in einem Rausch, hämmerte in sie, immer heftiger und schneller, er bearbeitete ihre Rosette mit solcher Wucht, dass der gesamte Tisch, auf dem sie lag, mit jedem Stoß nach vorne ruckte und durchs Zimmer geschoben wurde.

Alina hatte die Hände nach hinten gelegt und spreizte ihre Backen, um ihm einen besseren Blick auf das Loch zu geben, dass er gerade mit seinem prallen Ding füllte. Er wiederum hielt sie an der Hüfte fest, damit er sie mit jedem Stoß noch enger an sich ziehen konnte.

Alinas Schließmuskel massierte seinen Schaft und sie presste sich ihm entgegen. Sie wollte ihn, sie wollte seinen Schwanz, das merkte er. Und es machte ihn wahnsinnig. Er war so geil, er wollte sie richtig ficken, ihr Arsch genügte ihm nicht. Er zog sein Teil aus ihr. Dann schob er ihr sofort brutal drei Finger in ihre feuchte Muschi. Alina keuchte laut auf und schien fast dankbar. Er suchte ihren G-Punkt, fand ihn, und massierte das Innere von Alinas Unterleib. Sie schrie laut und ungehemmt auf und gleich darauf ergoss sie sich über Julians Hand, ihre Lust schwappte aus ihr heraus wie ein Wasserfall, sie ejakulierte und stöhnte und schrie dabei. Ihre Knöchel traten weiß hervor, so fest klammerte sie sich seitlich an die Tischkante. Ihr Unterleib zitterte und vibrierte unter der nicht enden wollenden Orgasmus Welle, die sie überrollte.

Julian machte immer weiter, erhöhte den Druck sogar noch, und als er endlich nachließ und seine Finger aus ihr herauszog, sackte sie völlig fertig und mit schwerem Atem nach vorne.

Julian stand einfach nur da, starrte auf ihre Muschi. Immer noch tröpfelte es leicht, ihre Säfte waren selten so ausgiebig geflossen. Ihre feucht schimmernde Fotze, er wollte sie so sehr, er konnte nicht anders.

Er trat wieder an sie heran. Alina guckte über die Schulter. Als sie spürte, wie er seinen Schwanz an ihrer Muschi ansetzte, begehrte sie auf.

Sie fasste nach hinten und versuchte, ihn nach hinten zu pressen, aber er drückte ihren Arm auf Seite.

„Nicht", sagte sie, „Julian, das geht nicht, ich…"

„Doch, bitte", unterbrach er sie, „ich brauche das, ich brauche deine Muschi. Nur kurz, ich zieh' ihn rechtzeitig raus…"

„Nein", versuchte sie es noch einmal, aber was auch immer sie hatte sagen wollen, erstarb in ihrem lauten Lustschrei.

Ohne weiter auf eine Zustimmung von ihr zu warten, hatte Julian ihr seinen Schwanz in die feuchtnasse Muschi geschoben. Sie tropfte immer noch und unter ihr hatte sich eine große Pfütze gebildet. Er legte sofort los, bearbeitete sie mit aller Macht. Es tat so gut, endlich wieder in ihrer Muschi zu sein. Das weiche, warme, nasse Innere war einfach mit nichts zu vergleichen.

Er war süchtig nach der Fotze dieses Mädchens, nach der Fotze seiner Schülerin. Er brauchte sie, er wollte sie. Während er es Alina besorgte, versuchte sie immer wieder ihn zurückzudrängen und wimmerte unverständlich, das ginge nicht, sie müssten aufhören.

Aber jedes Mal erhöhte er einfach sein Tempo und Alinas Protest ging unter in ihrem eigenen Verlangen.

Er merkte, dass er bald kommen würde. Es braute sich zusammen, sein Schwanz kribbelte. Seine Stöße wurden fahriger, er geriet leicht aus dem Rhythmus, wurde ruckartiger. Gleich würde er ihn rausziehen, er wusste, dass er es musste. Aber erst gleich, nur noch ein bisschen. Es fühlte sich so gut an, er wollte noch nicht aufhören.

Er war wie paralysiert. Es musste sein, nur noch ein ganz klein wenig, er wollte es auskosten. Er wollte so lange in ihr bleiben wie es ging, gleich, gleich würde er ihn rausziehen, gleich...

Dann kam er. Er kam in ihr, er spritzte in die ungeschützte Muschi seiner Schülerin. Sein Sperma schoss aus ihm heraus. Er hatte Alina seinen Schwanz so tief es ging reingeschoben, er spürte wie seine Schwanzspitze hinten an ihren Muttermund stieß. Er pumpte seinen Samen direkt in sie hinein.

Alina schrie vor Schreck auf. Vor Schreck, aber auch vor Lust. Sie wand sich vor ihm, versuchte, endlich von ihm loszukommen, gleichzeitig jauchzte und jubelte sie, als sie sein warmes Zeug in sich spürte und wie es aus ihr herauslief, um in die Pfütze ihrer eigenen Säfte zu tropfen.

Julian hatte sich vollkommen verkrampft und an Alina festgekrallt. Er wartete, bis sein Orgasmus abebbte. Als er schließlich auch den letzten Schub in sie gespritzt hatte, sank er zurück, er taumelte, beinahe wäre er gestolpert.

Er ließ sich zu Boden gleiten, setzte sich hin und lehnte sich an den Küchenblock.

Sein Atem ging schwer, genau wie Alinas. Sie lag immer noch auf der Tischplatte, während sein zeug weiter aus ihr herauslief. Sie hatte den Kopf auf die Seite gedreht und sah ihn an, ihre Haare waren wirr, ihr Gesicht rot und verschwitzt von dem harten Fick.

„Oh Julian", sagte sie schließlich. „Warum hast du das getan?"

Er wusste keine Antwort, zuckte nur mit den Schultern. Er wusste es wirklich nicht.

Es war einfach passiert, er war wie gelähmt gewesen. Als er gekommen war, hatte sein Körper sich den Befehlen aus seinem Hirn einfach verweigert, er war erstarrt und hatte einfach ausgeharrt, bis seine Lust verebbt war.

Erst langsam realisierte er, was er getan hatte.

Er war in Alina gekommen, einem 18-jährigen Mädchen, seiner Schülerin, seiner Affäre, obwohl sie nicht verhütet hatte. Kein Kondom, keine Pille. Vielleicht war sie schwanger. Er runzelte verwirrt die Stirn. Er hatte erwartet geschockt zu sein, Panik zu bekommen, sobald sein Hirn wieder die Kontrolle übernahm. Aber das war nicht der Fall.

Im Gegenteil: Er wurde sofort wieder geil.

Sein Schwanz, gerade noch im Inbegriff, in sich zusammen zu sacken, richtete sich wieder auf.

Alina sah ihn weiter einfach nur an, sie bemerkte sein steifes Ding. Sie sagte nichts, stand einfach nur da. Dann sah Julian, dass sie die linke Hand zwischen ihren Beinen hatte. Sie massierte sich. Als er es realisierte, sah er sie überrascht an.

Sie schien nicht wütend zu sein, nicht einmal vorwurfsvoll.

Dann sagte sie: „Ich hab's mir überlegt. Schwänger mich."

Er hörte ihre Worte, aber es dauerte eine Weile, bis sie wirklich zu ihm durchdrangen.

Er blinzelte überrascht. Alina kam jetzt auf ihn zu, langsam und bedächtig, als würde sie sich einem scheuen Tier nähern.

„Es hat mir gefallen", sprach sie, während sie weiter ging, „mir gefällt der Gedanke, von dir geschwängert zu werden. Ich will, dass du mich fickst, obwohl ich nicht die Pille nehme.... Fick mich nochmal, pump mich schön voll, ja?"

Sie stand jetzt über ihm, ging langsam in die Hocke. Mit der einen Hand griff sie seinen Ständer und dirigierte ihn unter sich, mit der anderen Hand hielt sie sich über Julian am Küchenblock fest.

Seine Schwanzspitze dockte an ihrer Muschi an, schon wieder. Er sah sie an, er fühlte sich nicht in der Lage, in irgendeiner Weise in diese Situation einzugreifen. Alina ließ sich beherzt nach unten gleiten und Julians Schwanz rutschte sofort bis zur Wurzel in sie. Beide stöhnten glücklich. Langsam begann Alina, ihn zu reiten.

Ihr Becken kreiste, wippte vor und zurück, vor und zurück, kreiste wieder. Sie war es dieses Mal, die zur Tat schritt, die ihn bearbeitete und sich holte, was sie brauchte, was sie wollte. Endlich fühlte auch er sich wieder fähig, mitzumachen. Er hob die Hände, massierte und knetete ihre riesigen, vollen, weichen Brüste, die vor seinem Gesicht hin und her schwangen, auf und ab wippten. Er walkte ihre Euter durch, während sie seinen Schwanz ritt.

Wieder begann sie zu sprechen, der sich gerade erst beruhigt hatte, wieder schneller ging.

„Ich will, dass du nochmal in mir kommst, ja?"

„Ja", erwiderte er, „ich werde dich richtig schön durchspülen mit meinem Zeug, ist es das, was du brauchst, ja?"

„Ja, ja, das brauche ich", ereiferte Alina sich begeistert. „Ich will, dass du in mich spritzt, obwohl wir nicht verhüten, ich will schwanger werden von dir, ich will es! Es macht mich so an, der Gedanke, mir von dir ein Kind machen zu lassen!"

Ihre Bewegungen wurden schneller.

„Mich auch! Du geiles Stück, mich auch! Willst du mein Sperma also, ja? Willst du, dass ich dich schwängere? Willst du von deinem Lehrer geschwängert werden?"

„Ja, ja ich will!!!"

Auch er begann jetzt, mit dem Becken ihre Bewegungen zu erwidern.

„Reite mich, du notgeile Schlampe, reite mich, bis ich in dir komme!"

„Ja", hechelte sie, „ja!"

Ihre Bewegungen verkrampften sich, sie begann zu zucken.

„Ich komme gleich", sagte sie. „Ich komme gleich von deinem riesigen, geilen Schwanz! Du bist so tief in mir, ich spüre dich so tief in mir, mach's mir, mach's mir mit deinem geilen Riesenschwanz!"

Er verstärkte seine Gegenbewegungen noch etwas. Auch er spürte, dass es nicht mehr lange dauerte.

„Ich komme auch gleich", ließ er Alina wissen. Dann übermannte es ihn.

„Ich komme!"

„Jaah, jaah...!", schrie Alina, hin und her gerissen zwischen ihrem eigenen und dem Verlangen nach seinem Orgasmus.

„Jaah, ich auch.... ich.... Aaaah! Ich komme! Ja, ja, ja, spritz es mir rein, pump mich voll, schwänger mich, bitte, schwänger mich, mach mir ein Kind, ooh, jaah....!!!"

Er hielt sie fest mit beiden Händen, presste sie nach unten auf seinen Schwanz, pfählte sie, während sie sich über ihm wild hin- und herwarf.

Sie stöhnte und schrie, während er zum zweiten Mal in ihr kam. In dem ungeschützten Loch seiner Schülerin.

....

Epilog

Alina kaufte sich keine „Pille danach", an diesem Tag, aber sie wurde nicht schwanger. Zunächst nicht.

Aber sie waren beide auf den Geschmack gekommen und Alina verhütete von nun an gar nicht mehr.

Sie trieben es nur noch und ausschließlich ohne Verhütung.

Es war die letzte Grenze, die gefallen war, die letzte Grenze, die sie gemeinsam überschritten.

Nach zwei Monaten bekam Alina ihre Tage nicht mehr.

Als sie Herr Hartmann mitteilte, dass sie sein Kind bekam, verließ er seine Frau.

Er zog nicht mit Alina zusammen, jedenfalls nicht sofort und auch ihre Beziehung machten sie noch nicht offiziell. Schließlich war er immer noch ihr Lehrer.

Sie würden warten müssen, bis Alina mit der Schule fertig war.

Die folgenden Monate durchlebte Herr Hartmann in einem einzigen Rausch. Jede freie Minute verbrachte er mit Alina und sie trieben es so oft sie konnten.

Er genoss es Zeuge zu werden, wie ihr Bauch immer größer und runder wurde. Sie wurde noch erotischer und verheißungsvoller für ihn. Selbst ihre Brüste wuchsen noch in der Erwartung ihres Kindes.

In der Schule versuchten beide, sich unauffällig zu geben. Es wurde viel über Alina geredet, aber noch mehr wurde darüber spekuliert, wer wohl der Vater war.

Sowohl die Lehrerschaft, als auch die Schüler zerrissen sich das Maul über sie.

Aber das war Alina egal.

Sie gab sich ihm hin, trug sein Kind aus und ließ sich von ihm ficken, ließ sich ihre gierigen Löcher stopfen.

Dass sie miteinander schlafen konnten, war alles, was zählte.

....

Eine Titelübersicht meiner Bücher und weitere Informationen findet ihr auf meinem Blog unter:

https://ashleybennet.blogspot.com